KiWi 415

Über den Autor

Helge Schneider, geboren 1955 in Mülheim/Ruhr. Bauzeichner, Verkäufer, Straßenfeger usw. Studium am Konservatorium (Pianist), Jazzmusiker, Landschaftsgärtner, seit 1977 Berufsmusiker, Filmmusik, ab 1988 eigene Schallplatten: »Seine größten Erfolge«, »New York I'm coming«, »The last Jazz«, »Hörspiele«, »Guten Tach«, »Es gibt Reis«, »Es rappelt im Karton«, 1986 der Film »Johnny Flash«, 1993 »Texas«, 1994 »00 Schneider – Jagd auf Nihil Baxter«, 1996 »Praxis Dr. Hasenbein« (voraussichtlicher Titel).

Weitere Titel bei K & W

»Guten Tach. Auf Wiedersehn«, KiWi 279, 1992.
»Zieh dich aus, du alte Hippe«, KiWi 355, 1994,
»Das scharlachrote Kampfhuhn«, KiWi 391, 1995.

Helge Schneider

Der Mörder mit der Strumpfhose

Kommissar Schneider wird zum Elch

Mit 8 mit Kuli gezeichneten Zeichnungen

Kiepenheuer & Witsch

1. Auflage 1996

Umschlaggestaltung Manfred Schulz
Umschlagfoto Helge Schneider
Satz Jung Satzcentrum, Lahnau
Druck und Bindearbeiten Clausen & Bosse, Leck
ISBN 3-462-02537-6

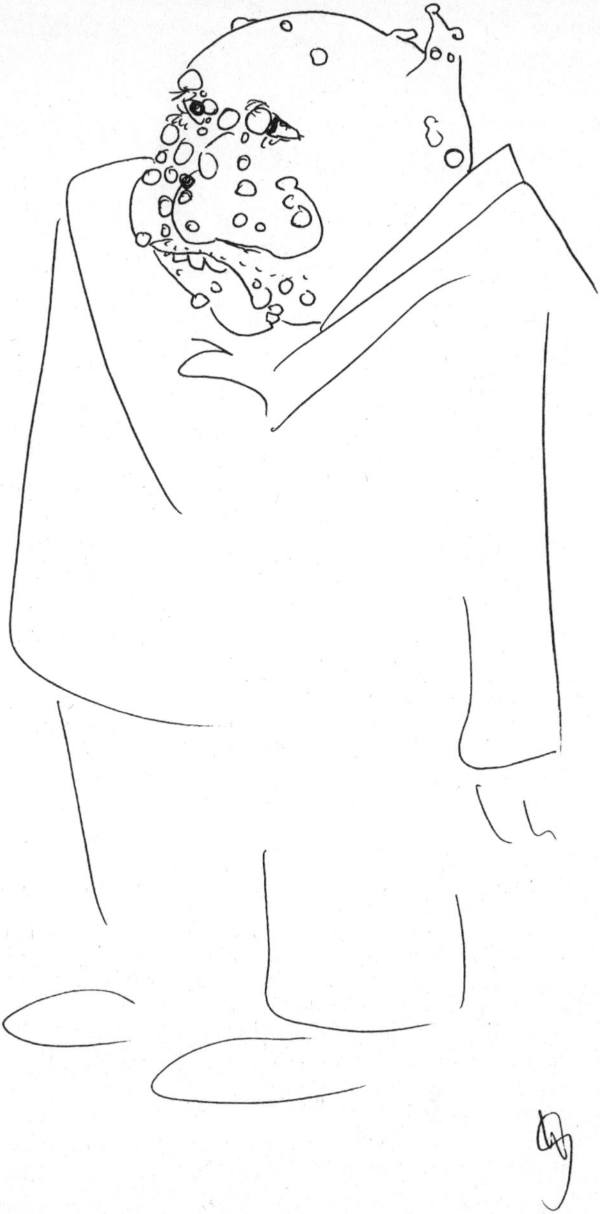

Arschfahl klebte der Mond am Fenster. Das Schloß lag im Schatten einer riesenhaften Kastanie. Ein Eichhörnchen kletterte mutig im Geäst und warf mit Nüssen. Der Himmel kotzte. Kein Lüftchen.
Ein gelbes Gesicht zwischen verstaubten Akten: Der Kommissar Schneider hatte sich beim Untersuchungsrichter eingeladen. Seit vierzehn Tagen suchte er eine bestimmte Akte. Ohne Vorwarnung platzt auf einmal die Hauptwasserleitung im Keller! Ein lautes Zischen und ein Gekreische von tausend Ratten! Kommissar Schneider bog sich vor Lachen. Er hatte soeben eine Akte gefunden, die, als er sie anrührte, zu Staub zerfiel.
Jetzt war der Keller vollgelaufen. Außer Kommissar Schneider war niemand im Hause. Der Untersuchungsrichter wohnte allein hier und war weggegangen, poppen. Er hatte die Adresse dagelassen, falls der Kommissar auch dahin will. Der Kommissar geht bestimmt nicht dahin, er interessiert sich ausschließlich für seinen Beruf. Rumpelnd schlägt die erste Wasserwelle gegen die mit alten Eisen beschlagene Holztür in der Bibliothek. Kommissar Schneider stört das nicht, er sucht etwas Außergewöhnliches: Die Akte »Strumpfhose«.

Der alte Weichensteller legte seinen Arm um die Apparatur, mit der man die Züge in eine andere Richtung schickt. Ein lautes Krachen, Eisen verläßt Eisen, und der lange Güterzug geht seiner Wege. Es sind über fünfzig Waggons, die meisten offen. Schweine grunzen in die Nacht, und ein langgezogenes Pfeifen erstrahlt in einer peitschenden Kadenz. Da! Ein Schatten entströmt der Dunkelheit! Eine Strumpfhose wächst an endlosen Armen. Sie kommen näher. Der alte Weichensteller wird Opfer. Opfer eines Täters, der kein Erbarmen kennt. Der alte Weichensteller dreht sich noch mal um, so kann der Mörder sein unvermeidliches Latein sprechen: »Noli me tangere!« und noch »Ars longa vita! Caesarem in Solitide esse! Cumquam! Cumquam!«

Ein Klumpen wehrloses Fleisch bedeckt den Schienenstrang. Der Zug ist in der Ferne als kleiner Punkt zu erkennen, an seinem letzten Wagen kleben Haare. Ein lauer Wind streicht über die Berge. Ganz oben auf den Gipfeln liegt Schnee.

Zwei kleine Mädchen bewerfen sich mit Schneebällen. Hier oben auf der Terrasse der kleinen Skihütte sitzt die Mutter und trinkt einen schönen, leckeren Tee. Die Kinder sind hier hinauf mitgekommen, um bei der eigenen Mutter Skifahren zu lernen. Denn sie ist Skilehrerin mit Examen. Ihr aufgedunsenes Gesicht zeugt von einem totalen Sonnenbrand. Dieser ist nicht von schlechten Eltern, Freunde! Da sieht man oben vom Berg jemanden wie einen Verrückten den Abhang runterrasen! Er hat lediglich eine dünne Nylonhaut übergezogen. Sein Körper macht die Form von einem Ei, so wie ein Superrennfahrer bückt er sich hart in die Spur. So kann er den schärfsten Fahrtwind absorbieren und ist wahnsinnig schnell. Doch was tut er!? Er rast wie eine Rakete auf die spielenden Kinder zu! Was für ein Arschloch! Ohne Rücksicht! Mit einem laut geschrienen »Weg da!« segelt er durch die Kinder, die beide unheimlich Glück haben, nicht getötet zu werden, und rutscht mit laut den Schnee und das Eis vor sich herschiebenen Skiern mit einem seitlichen Schlenker, der ihn zum Stehen bringt, auf die Terrasse zu. Ein paar kleine Handgriffe in äußerster Geschwindigkeit, und die Skier stehen mitsamt den gebogenen Rennstöcken aufrecht im Regal, und der feine Herr latscht mit seinen halbgeöffneten gelben Skischuhen zu einem freien Platz. Noch im Gehen bestellt er einen sogenannten Jagertee bei der Bedienung, die ihn schon bemerkt hat. Es ist kein Geringerer als der Kommissar Schneider selbst, der Typ in der irren Ski-Kluft. Der Kommissar sitzt zwei Stunden in der Skihütte rum, er legt sogar einmal das eine Bein hoch auf die Bank. Plötzlich steht ein Feuerball in der Luft. Jemand hat sich mit einem Einwegfeuerzeug eine Zigarette anmachen wollen, und da ist es passiert. Ein Nylonanorak hat sich sekundenbruchteilschnell entzündet, weil die Flamme zu hoch eingestellt war. Eine Frau im mittleren Alter, tot. Ein schmerzlicher Tod. Kommissar Schneider hat damit gerechnet. Aber wieso? Er weiß mehr wie wir. Lässig steht er auf und schwingt sich wieder auf seine Superskier, nachdem er den Leichenwagen bestellt hat.

Die Ampel ist rot. Kommissar Schneider steht zwischen normalen Fußgängern versteckt. Er trägt einen pariserfarbenen Regenmantel wie aus Wurstpelle, dazu einen Gummischal, der den Regen bekämpft. Alle gucken ihn an, als wäre er ein Fotomodell. Sein verschmitztes Grinsen kann man darauf zurückführen, daß er die Akte »Strumpfhose« im Arm hält. Noch weiß er nicht, daß am Bahndamm wieder ein Mord passiert ist, denn er war in Kurzurlaub gewesen. Seine Beine sind noch ganz wackelig vom vielen Skifahren. Sein siebter Sinn hat ihn nicht betrogen, wir erinnern uns an die Frau, die wegen dem Einwegfeuerzeug ums Leben kam. Was hat den Kommissar nur bewogen, dies geschehen zu lassen? Ich kann es genau sagen. Es war nicht sein Fall! Nun steht er immer noch an der Ampel, und es regnet kleine, miese Tröpfchen. Die Gärtner haben diesen Regen nicht so gerne, weil er unmerklich die ganze Kleidung durchnäßt auf der Arbeit und man es erst merkt, wenn es zu spät ist. Viele Gärtner haben deshalb Rheuma. Der Kommissar lacht einmal kurz auf bei dem Gedanken dadran. Grün! Eine ungelenke Masse menschlicher Wesen rollt über die Straße, leidend und passiv, die Natur hat verloren. Die Ampel reibt sich die Hände, wieder was dazuverdient! Plastikwelt! Abgefeimte Idioten warten nur zu gern bei Rot. Sie verdrängen die anderen. Keine Hoff-

nung, kein Schimmer. Weg ist verwest. Gefährdung abenteuerlichsten Lebens. Heute keine Einzeltat. Und dazu brät die Sonne ihr Pamphlet, was immer diese ganzen Worte auch heißen mögen: Welk ist die Erinnerung, der Fortgang muß geschehen werden. Das ist das Los der Menschheit. Im Kreiselkompaß der Gefühle liegt kein Unnotfargt. Unnardiburges Geharse!

». . . erwarte ich von Ihnen, daß Sie den Fall jemand anders überlassen, wenn sie nicht fähig sind, ihn in aller Windeseile zu lösen!!« Der Kommissar Schneider sitzt vor dem Polizeipräsidenten. Er ist geteilter Meinung darüber, wie man hier mit ihm spricht. »Und merken Sie sich, es muß ein Verkleidungskünstler sein, mit dem wir es hier zu tun haben! Und noch eins: Wer Kinder hat im Mannesalter oder aber junge Mädchen, macht sich Sorgen hier in unserer Stadt! Helfen Sie diesen Leuten, fangen Sie den Mörder, fangen Sie das Monster!« Der Kommissar Schneider geht schnell aus dem Büro des Polizeipräsidenten. Auf dem Flur fällt ihm eine hochgewachsene Brünette auf. Sie zwinkert ihm auffällig zu. Dabei platzt ihr oberster Blusenknopf wie zufällig. Ein Blick genügt, und der Kommissar hat das, was er jetzt sieht, für immer hinter seiner Pupille gespeichert. Der elastische Gang der Frau will dem Kommissar wohl etwas sagen. Mit Sicherheit wird der Kommissar noch später auf sie reinfallen. Aber der Fall Strumpfhose geht jetzt vor.

»Wer hat die Bilder hier hingelegt?« Kommissar Schneider steht aufrecht in seinem Büro und hält ein paar Fotos hoch, die auf seinem Schreibtisch liegen. Ein Polizist mit entsicherter Pistole lehnt in der Tür, sein Gesicht steht zu vielen Fragen offen. Zornesröte verteilt sich in des Kommissars Gesicht. Man legt keine Fotobilder ungefragt auf seinen Schreibtisch. »Haben SIE DAS ZU VERANTWORTEN?!!« und: »SIE HALBAFFE! SIE BLÖDER KACKER! WER SOLL DAS SEIN?!« Der Polizist versucht sich zu rechtfertigen: »Herr Kommissar ...« »OBERKOMMISSAR!!!!« – »Oh, entschuldigen Sie bitte, Herr OBER-Kommi ...« Und schon ist aus seinem ehemals hübschen Gesichtchen ein rohes Stück angstverzerrte Haut geworden, denn der Kom-

missar fühlt sich durch die Betonung der Silbe OBER total verhohnepippelt! Klar, daß er den einfachen Polizisten in die Mangel nimmt. Mit dem blitzschnell gezückten Kugelschreiber aus seiner Jackentasche sticht er dem wehrlosen Opfer mehrmals in den Kehlkopf, dabei hüpft er aufgeregt von einem Bein auf das andere. Der arme Kommissar, er muß sich nicht immer so aufregen! Sein Herz! Und da faßt er sich auch schon an die Herzgegend. Schnell hilft ihm der Polizist, obwohl doch eigentlich Kommissar Schneider sein Feind sein müßte, nach dem Auftritt!
»Danke, das werde ich Ihnen nicht vergessen, sagen Sie mir Ihren Namen!« Der Kommissar Schneider wendet sich ab, während der Polizist seinen Namen sagt. »Und nun gehen Sie schon, Herr... rrr... äääääää...« – »Leppers, mein Name ist Leppers.« – »Ach ja.« Die Tür fällt ins Schloß. Der Kommissar ist allein. Er sitzt an seinem Schreibtisch und beguckt sich die Fotos. Seine paar Urlaubstage sind in diesem Moment bereits vergessen und vollkommen witzlos gewesen, schon ist er wieder in dem alten Trott und hat ein gelbes Gesicht. Als ob er es heimlich tun muß, zieht er plötzlich mit geduckter Haltung die Schreibtischschublade auf und holt eine Pfeife zum Vorschein. Er zündet sie sich mit einem alten Kienspan an. Der Raum ist in Nullkommanichts eine einzige Schwade. Es stinkt nach billigem Tabak. Die Fotos verschwimmen vor seinen Augen. Der Kommissar guckt jetzt schon eine halbe Stunde auf die Bilder. Die alberne Pfeife ist mehrmals ausgegangen, immer wieder mußte der Kommissar sie sich erneut anstecken.

Allein geht ein Mann mit geschmeidigem Schritt durch das hohe Gras, das die Bahngleise umgibt. Noch immer regnet es mikroskopisch kleine Tröpfchen vom Himmel. Den Mantelkragen kann dieser Mann nicht mehr hochschlagen, denn er steht schon hoch. Es ist natürlich der Kommissar selbst, der da geht. Sie haben ihm die Gegend beschrieben. Ein typischer Engpaß. Noch ist kein Zug zu sehen. Kommissar Schneider ist ein bißchen verschnupft. Schnell, ein Taschentuch. Unbeabsichtigt schaut er zu Boden. Aber was ist denn das da!!!?? Nein, das ist unmöglich, Kommissar Schneider will sich erschrecken, jedoch es geht nicht, da er zu abgebrüht ist! Unten am Fußboden neben den Gleisen liegt ein Arm eines Menschen! Seine Finger bewegen sich noch ein wenig! So, als wollten sie sagen, Hilf mir, Kommissar! Der Kommissar denkt unwillkürlich an die Fotos. Sie zeigen den Kommissar Schneider in einer verfänglichen Situation mit einer Frau. Gewissermaßen sogar mit noch einer. Der Kommissar ist auf dem Foto total nackend, und eine der beiden Frauen hat eine lederne Schürze um und einen Kinder-Ritterhelm aus Plastik auf dem Kopf, die andere liegt in einem Schaumbad und hält kichernd eine große Sektflasche hoch. Kommissar Schneider hat eine riesige Zigarre zwischen Zeige- und Ringfinger, und es sieht so aus, als würde er lauthals singen! Na ja, da kann man ihm eigentlich aber nichts draus anflicken, er war immerhin im Dienst und ermittelte verdeckt, d. h., man muß sich da ans Milieu anpassen. Egal, hier dieser Fall war eigentlich mehr nach seinem Geschmack. Kommissar Schneider nimmt den Arm und riecht an ihm. Er hält ihn sich mal nur so zum Spaß

an die Schulter. Genau seine Länge. Er überlegt, ob er den Arm mit zu sich nach Hause nimmt, ohne das zu melden. So hat er selbst Ersatz, falls ihm mal etwas zustößt. Genau, das tut er. Keiner sieht ihn, als er mit einem länglichen Gegenstand unter dem Mantel aus dem Gelände der Bundesbahn tritt und zu seinem Wagen geht. Da steht er. Ein neues Modell. Man hat es ihm in der Reparaturwerkstatt billig angeboten, es ist ein Sportwagen, wo nur zwei drin sitzen können, aber er hat hinten acht Auspuffrohre. Die Farbe des Wagens ist metallic-braun. Die Felgen sind gelocht. Der Wagen ist sehr schnell gemacht worden von Spezialisten, noch in diesem Jahr soll er über dreihundert fahren, der Herr Kommissar soll noch mal wiederkommen zum frisieren. Darauf freut sich der Kommissar natürlich schon. Der Arm paßt nicht in den Kofferraum, so muß er ihn unter den Arm klemmen.
Er bewegt sich zügig im Verkehr, damit ihn keiner aufhält. Zu Hause schleicht er sich aus der Garage, in der er seinen Wagen parkt, über den kleinen Hof ins Schlafzimmer und versteckt den Arm unter dem Bett. Dann holt er ein wenig Eis aus dem Kühlschrank und legt es ganz nah an den Arm.

Am nächsten Morgen hat der Kommissar eine schlecht sitzende Frisur. Aufgeregt stubst er sich die Haare vor dem Badezimmerspiegel immer wieder mit den Fingerspitzen hoch, um ein wenig Luftigkeit hineinzubringen. Er hätte nicht auf der Seite schlafen sollen. Seine Frau hat ihn dazu auch ermahnt, es nicht zu tun. Doch der Kommissar will ja nicht hören. Jetzt hat er den Salat. »Meine Haare liegen scheiße!« schallt es aus dem Badezimmer. Schon in aller Frühe hat die Frau Kommissar das Badezimmer geputzt. Es riecht noch nach Toilettenreiniger, als der Kommissar vor dem Klo steht, um Wasser zu lassen. Jeden Morgen muß er diese lästige Sache erledigen, was für eine Zeitverschwendung. »Ursula, der neue Fall ist sehr kompliziert! Ich brauche ab morgen absolute Ruhe, deshalb ziehe ich es vor, ins Gartenhaus zu ziehen!« Dann putzt er sich die Zähne. Frau Kommissar will ein Umzugsunternehmen anrufen, doch der Kommissar zeigt ihr nur einen Vogel. »Was soll denn der Quatsch, ich habe doch nur die Akte und einen Schlafanzug! Da brauch doch keiner kommen und mir helfen beim Umzug!« – »Ach ja, Helge! Ich denke aber, es ist trotzdem gut, wenn du einige Umzugskartons bestellst!« – »Du hast Recht! Zehn Stück! Ich werde sie gebrauchen können!« Mit dem Schal nur halb um den Mantelkragen und einem Stückchen Brot mit Aprikosenmarmelade im Mundwinkel greift Kommissar Schneider noch schnell zur Kaffeetasse, bevor er in Richtung Garage verschwindet. Die Frau hört nach ein paar Minuten einen aufheulenden Motor und ist beruhigt, daß er weg ist. Jetzt kann sie selbst ins Badezimmer. Als sie es betritt, schreckt sie zurück! Es riecht nach faulen Eiern, gemischt mit kaltem Zigarrenrauch! Hat er etwa wieder heimlich geraucht?

Durch eine erhöhte Lust zu Wutausbrüchen hat sich der Kommissar Schneider im Laufe seiner langjährigen Tätigkeit als Kommissar eine Vielzahl von Spezialblutkörperchen angeeignet, sein Kreislauf zirkuliert schneller als bei anderen Leuten. Eine horrende Summe für Tabletten müßte ein normaler Mensch ausgeben, würde er dasselbe Blutbild erreichen wollen wie Kommissar Schneider. Im internationalen Blutbildwettbewerb lag der Kommissar sogar an zweiter Stelle. Und das will was heißen. Der Gewinner hierbei war ein gewisser Lord Honeyfuck, der weltweite Partylöwe, ein äußerst charmanter Kerl, der an jedem Finger zwanzig Weiber hatte, die mit ihm ins Bett steigen würden, um sich von ihm ordentlich höckern zu lassen. Und einer dieser Wutausbrüche tritt in dem Moment zutage, wo er durch Zufall im Vorbeifahren an einer Zeitungsbude auf einen Artikel aufmerksam gemacht wird, der eine unverfängliche Überschrift trägt: »URLAUBER IN NORWEGEN«. Aber darunter ist doch tatsächlich ein Foto von ihm! Und unter dem Foto steht: »... auch der bekannte Kommissar Schneider macht einen Abstecher nach Norwegen, noch ist sein Glied erigiert wegen der herrlichen Landschaft und der Schönheit der Fjorde.«[1)]
Das ist doch nicht zu glauben! Er war doch überhaupt nicht in Urlaub in Norwegen gewesen! Da hatte ihn doch tatsächlich jemand ganz woanders fotografiert und damit eine Fotomontage gemacht, die ihn wirklich mit einem dicken Knubbel in der Hose zeigt! Kommis-

[1)] Fjorde – Einschnitte in einer Landschaft, künstlich hergestellt von ungezählten Fremdarbeitern um die Jahrhundertwende, ausschließlich Handarbeit. Besonderheiten: U-Boot-Basen für feindliche Mächte!

sar Schneider wirft sich in die Bremse und springt aus dem Auto. Dann rennt er zu dem Zeitungsbüdchen und kauft die gesamte Ausgabe dieser Zeitschrift auf. Schnell klappert er noch ein paar andere Büdchen und Geschäfte ab, auf der Suche nach dieser Zeitschrift, wird fündig, kauft alles auf und kommt erschöpft im Polizeipräsidium an. Dort vernichtet er das gesamte Material im Reißwolf.

Währenddessen macht seine Frau unter dem Bett sauber und findet den bereits etwas muffig riechenden appen Arm, den der Kommissar auf dem Bahngelände gefunden hatte. Sie denkt sich nichts dabei und legt ihn fürsorglich in den Kühlschrank. Vielleicht hält er sich da noch ein paar Tage. Solange, wie ihr Mann vielleicht für die Lösung dieses kniffeligen Falles braucht. Es scheint nämlich etwas ganz Besonderes zu sein. Aber sie hält sich aus dem Berufsleben des Kommissars so gut wie ganz raus. Deshalb wirkt sie auch immer etwas wie hinterm Mond.

Das Polizeipräsidium ist die zweite Heimat des Kommissars. Nachdem er die Zeitungen allesamt zerstückelt hat, geht er in seinem Büro auf und ab. Das tut er heute den ganzen Tag. Sonst nichts. Als der Polizist von nebenan einmal reinkommt, um ein paar Phantombilder rumzuzeigen, auf denen eindeutig der Polizeipräsident zu erkennen ist, schlägt Kommissar

Schneider ein anderes Geburtstagsgeschenk für den Chef vor. Ein Phantombild würde den armen, ohnehin schon so gestreßten Polizeipräsidenten zu sehr an seine Arbeit im Verbrecherdezernat erinnern. Nein, da müßte was ganz anderes hin. Kommissar Schneider ruft den Untersuchungsrichter an. Der hat die Lösung und schon ein Geschenk in petto: »Herr Kommissar, was halten Sie davon, wenn Sie ihm mitsamt Ihrer gesamten Belegschaft ein Ständchen bringen! Das ist doch etwas!«

Den Nachmittag verbringen die meisten Polizisten und der Oberkommissar Schneider mit Gesangsübungen hinter den jeweiligen Schreibtischen. Morgen oder übermorgen will man dann zu einer gemeinsamen Übung in den Andachtssaal kommen. Mit anderen Worten, der Tag ist für den Kommissar Schneider anstrengend.

Nach Feierabend ist noch eine geheime Sitzung eines sogenannten »Komitees für nationale Errungenschaften«, eine Vereinigung, deren Vorsitzender kein anderer als Kommissar Schneider selbst ist. Er hat den Verein ins Leben gerufen, um ihn dann später mit allem Pipapo auffliegen zu lassen. Das soll ihm eines Tages den Rang eines staatlichen Oberkommissars im Spionagewesen geben, aber bis dahin ist noch lange Zeit. Bis jetzt sind erst drei Mitglieder in dieser dubiosen Vereinigung gemeldet. Alles Polizisten. Haha, der Kommissar Schneider hat sogar einige Hauptmitglieder selbst mitgebracht, sozusagen als verdeckte Ermittler. Und heute soll das erste richtige Vereinsmitglied aufgenommen werden, ein Unternehmer mit etlichen Jahren Knasterfahrung. Dieser Typ hatte Tausende von Geldanlegern betrogen, indem er eine Treuhandfirma gegründet hatte, sie aber niemals ins Handelsregister eintragen ließ, sondern die Geldanleger immer weiter zu immer größeren Summen trieb, die sie ihm übergaben, damit seine Villa weitergebaut werden konnte, in der er allen einzeln eine Altenwohnung versprochen hatte. Das Ding war erst nach zwei Jahren aufgeflogen, weil einer der Anleger, der hierüber erheblich Steuern sparen wollte, sich dem Finanzamt offenbarte, und zugab, eine Altenwohnung erschleichen zu wollen, ohne Kaution. Dieser Typ kam etwas zu spät. Er stellte sich mit keinem Namen vor, denn das war zu gefährlich. Man hätte ihn später erkennen können. Das, was dem Kommissar nicht auffiel, war folgendes Kennzeichen: Der Mann hatte eine ziemlich pockennarbige Gesichtshaut!

»Ursula? Beeil Dich, ich hab Hunger!« Kommissar Schneider sitzt am Küchentisch mit einer Stoffserviette, die er sich akkurat um den Hals gedreht hat, und wartet mit Messer und Gabel in den Händen auf seine Mahlzeit. Es gibt Pfannekuchen mit Bockwürstchen und Ketchup, sein Lieblingsessen. Anschließend ein Eis zu einer Mark vom Supermarkt. Ja, seine Frau weiß, wie sie ihn glücklich machen kann. Sie hat selber ja auch etwas davon, wenn er dann in der Nacht zu ihr ins Bett kommt und sie poppt. Das tut er, wenn das Essen gut war. Sie stellt ihm den Teller hin, der randvoll mit Pfannekuchen ist. Dann setzt sie sich selbst hin und sieht ihm zu, wie er ißt. Sie ißt nichts, weil sie immer meint, sie wäre zu dick. Dem Kommissar ist das total egal, er hat damit keine Probleme. Er findet auch, sie ist gar nicht dick. Doch sie doch! Deshalb haben sie oft Streit, weil, man darf eigentlich dem Kommissar nicht widersprechen. Egal, Hauptsache, den beiden schmeckt es, denn nun will sie mal probieren. Der Kommissar gibt nichts ab. Er beginnt zu sprechen: »Darling, ich habe Hunger. Du weißt es, also richte dich danach. Ich kann nichts abgeben, denn dann ist mein Essen zu klein. Das ist doch klar, oder?!« Mit den letzten Worten haut er ihr einen Pfannekuchen, der ihm wohl nicht so ganz zu schmecken scheint, durchs Gesichtchen! Jaaaa, das macht ihm Spaß! Die Frau wischt sich das Fett weg mit ihrer Schürze. Der Kommissar ißt schnell alles auf. Dann kommt das Eis. Happ, aufgegessen! Die Frau Kommissar geht in der Küche auf und ab. Ihr Leben wird immer beschissener mit diesem ungehobelten Klotz. Sie will Selbstmord machen und greift zum Kartoffelmesser. Immer und immer wieder rammt sie es sich in den Bauch. Doch ihr Gewebe ist zu stark vom vielen Poppen mit dem Kommissar. So rettet er ihr unbewußt das Leben. Der Kommissar merkt nichts von der Aktion.

Was denkt ein Mörder, der mit einer Strumpfhose zur Arbeit geht? Kommissar Schneider sitzt in seinem Gartenhaus und macht seine Gedanken zu einem großen Koffer, wo alles reingeht, was man in so einer Situation fühlen kann. Hat der Mörder überhaupt ein Gefühl, wenn er mordet? Ja. Der Kommissar weiß es ganz genau. Es ist das Gefühl, das auch wir kennen, dasselbe Gefühl, wie wenn man beim Spülen Gläser innen reinigt, mit einem verdrehten Spüllappen, man muß vorsichtig sein, sonst zerbricht das Glas. Auch die Hand eines Mörders kann zittern. Der Kommissar besieht sich stundenlang seine Hände. Er will einem Mörder gleich sein, um ihn dann letztendlich zu überführen. Aber geht er da nicht ein außerordentliches Wagnis ein? Ja! Denn es gibt an einem gewissen Punkt kein Zurück mehr, Verbrechen ist Verbrechen, man kann es nicht wegwischen, nur leugnen, wie es viele Verbrecher tun. Aber tun sie es wirklich? Kommissar Schneider weiß, daß die meisten Verbrecher froh sind, wenn man sie schnappt. Dann können sie wieder frei leben. Allerdings hinter schwedischen Gardinen. Der Kommissar schmunzelt. Dabei erwürgt er mit einer Strumpfhose, die er sich im Supermarkt hat von seiner Frau mitbringen lassen, den armen Hund, den er sich aus dem Tierheim ausgeliehen hat. Aber nur zu Versuchszwecken, versteht sich. Danach bekommt der Hund ein Leckerli. Der Hund macht diese Behandlung heute schon zum zwanzigsten Mal mit. Er wird auch immer besser. Anfangs hat er nicht mit der Wimper gezuckt, jetzt verdreht er angstvoll die Augen. So muß es sein, denkt der Kommissar. Angst muß der Täter spüren, sonst hat er nichts davon. Oder soll man mehr von Entsetzen sprechen? Der Kommissar will bei dem Hund Entsetzen sehen, deshalb zieht er sich vor seinen Augen nackt aus, zieht sich die Strumpfhose über den Kopf und wieder runter, dann legt er eine Schallplatte von Wencke Myrrhe auf, und erst jetzt entsetzt sich der Hund total und fletscht die Zähne, so daß der Kommissar sich gezwungen sieht, die Schallplatte abzunehmen und zu zertrampeln, sonst hätte der Hund aus dem schönen Gartenhaus einen Haufen Brennholz gebissen vor Wut.

»Guten Tag, meine Dame, ich hätte gerne ein paar Strumpfhosen! Es müßte sogar eine rehbraune sein, stärkere Qualität, für meine Frau, sie verstehen. Größe 5.« Die Verkäuferin weiß Bescheid. Sie wendet sich von dem pockennarbigen Gesicht ab, das diese delikate Bestellung aufgegeben hat. Das Regal ist mindestens vier Meter hoch, oben liegen die Strumpfhosen. So kann der Unbekannte ihr unter den Rock gucken, als sie die Trittleiter anstellt und hinaufhurtet. «Sie haben einen schönen Entenarsch!« entfährt es den spröden Lippen. Links und rechts in den Mundwinkeln bildet sich bereits eine weiße Schicht. Es ist nicht das erste Mal, daß er hier auftaucht, fast wöchentlich kauft er Strumpfhosen, der Mann. Die Verkäuferinnen wechseln des öfteren, so ist es für diese Verkäuferin das erste Mal, daß sie ihn hier sieht. Sie will freundlich sein und geht auf die Unverschämtheit des Fremden ein. »Ja? Finden Sie, ich habe einen schönen . . . wie sagten Sie noch: ENTENarsch? Das ist mir aber peinlich?« Tatsächlich wird sie rot im Gesicht. Sie steht schon wieder hinter dem Ladentisch und legt ihm ein paar Strumpfhosen zum Aussuchen hin. »Darf ich mal schauen?!« Der Mann nimmt eine Strumpfhose und zerreißt die Packung mit einem lauten Knall. Er spuckt eben schnell auf die Straße, läßt dabei die Verkäuferin nicht aus den Augen und legt der Frau, ehe sie sich versieht, die Strumpfhose um den Hals und zieht feste zu. Die Verkäuferin denkt bis zum Schluß, der Mann will Spaß machen! Sie läuft blau an und droht zu ersticken. Da läßt der Mann von ihr ab. »Ich wollte mal gucken, wie stark die Scheißstrumpfhose hier ist, Sie Flittchen! Hier, fünf Mark! Mehr geb ich nicht!« Die Verkäuferin japst nach Luft. »Wollen Sie eine Rechnung?« stößt sie hervor. »O ja, ich kann es ja absetzen, beruflich, Sie verstehen!« Ohne zu durchschauen, was der Mann mit der Strumpfhose vorhat, gibt die Frau ihm die versprochene Rechnung und läßt den Verbrecher ziehen. Sie weiß nicht, daß sie soeben einem der brutalsten Mörder entkommen ist. Ohne Rennen! Andere rennen immer, wenn der Mörder sie hat, um zu entkommen, aber kaum einem gelingt dies. Draußen vor dem Strumpfgeschäft wartet der Mann auf seinen Bus. Die Haltestelle ist direkt vor dem Geschäft. Er winkt noch einmal der Verkäuferin zu und lächelt verheißungsvoll. Die Verkäuferin ist ein wenig verliebt in ihn. Bis jetzt hat sie kein Mann derart verführt. Sie ist geil auf ihn, er hat es erreicht, der Kerl! Als der Bus wegfährt, weiß sie, daß sie sich bestimmt wiedersehen. Ob er ihr dann das Leben nimmt, ist dieser Frau egal, Hauptsache, sie kann mit ihm einmal intim werden. Was bringt ihr denn sonst das Leben noch, außer Strümpfe. In der Mittagspause ißt sie eine Erbsensuppe von nebenan, sie schmeckt.

Der Kühlschrank des Kommissars ist in ein tizianrotes Licht getaucht, die Sonne verströmt die letzte Kraft und blüht noch einmal richtig auf. Der Kommissar und seine Frau sind einkaufen. Heute ist Wochenmarkt in der Straße, in der sie wohnen. Nur einmal im Monat. Da gibt es frisches Gemüse, Wurst und Käse, auch Eier. Frau Kommissar hat zwei leere Eierkartons mitgenommen, um Eier von Hühnern zu kaufen, die antiautoritär erzogen worden sind. Der Kommissar steht lange Zeit vor einem Stand mit Jersey-Pullovern. »Ursula? Hier, sieh mal! Der braune Pullover!« Der Kommissar hält einen Pulli hoch, wo draufsteht: »Du, ich find mich dufte.« Die Frau winkt verärgert ab. »Sag mal, bist du noch zu retten, Helge?« Und beleidigt dreht sie sich zur Seite. Der Kommissar legt schnell den Pulli weg, der Pakistani, der die Sachen verkauft, hatte schon gedacht, jetzt hat er einen Kunden. Aber da kommt schon eine ganze Familie mit Kindern, sie kaufen ein paar Sachen. Der Kommissar steht neidisch daneben, darf aber nichts kaufen. Er denkt darüber nach, ob er seine Frau umbringen soll. Mit einer Strumpfhose, dann kann man den Mord dem Mörder mit der Strumpfhose in die Schuhe schieben. Ja, das ist sein Plan! Schmunzelnd geht er seiner Frau hinterher, die den ganzen Markt leer kauft.

Zu Hause steht die Kühlschranktür offen, als sie wiederkommen. Erschreckt schnellt der Kommissar in die Küche hinein. Wo ist denn der Arm auf einmal hin?! Mit offenem Mund begreift der Kommissar nicht recht.

Seine Frau will ihn beruhigen: »Vielleicht war es ihm zu kalt geworden!« Der Kommissar reißt sich zusammen. Er schiebt sich an seiner Frau vorbei und rennt in den Garten. Nichts zu sehen. Zufällig geht gerade der Nachbar an seinem Grundstück vorbei. »Herr Nachbar! Herr Nachbar! Haben Sie einen Arm gesehen? Ungefähr so groß?« Er zeigt die Länge des Armes mit beiden Händen, so als würde man beschreiben, wie lang der Hecht war, den man gefangen hat. »Herr Kommissar Schneider, Sie werden es nicht glauben, aber ich habe ferngesehen! Guten Tag!« Der Mann hebt kurz seinen Hut zum Gruß. So, da ist also der schöne Arm, den der Kommissar doch so gerne aufbewahren wollte für Notzeiten, weg. Wie vom Erdboden verschwunden. Ob der Kommissar Schneider auf ihn verzichten kann?

Die Zentrifuge arbeitet ununterbrochen. Männer mit weißem Mundschutz laufen ohne Regung hin und her. Weiße Papierhüllen umgeben dunkle Pappestücke. Ein Gummibaum wird soeben von einem vollkommen vermummten Mann aus seinem Topf gehoben und in eine große Holzkiste gestellt. Dann kommt Schnee da hinein, der eigens in einem riesigen Kühlschrank produziert wird. Ein Haufen teurer Meßgeräte wird an die Holzkiste angeschlossen, und man kann durch eine Plexiglasscheibe von außen den ganzen Vorgang noch ein zweites Mal beobachten. Kompliziert hört es sich an, doch es ist einfach: So wird herausgefunden, ob genetisches Material in großer Kälte störungsfrei sich weiterentwickeln kann. Und tatsächlich, wo Plasma im Spiel ist, wird Wachstum und Gedeih zu erwarten sein. Das ist die These eines gewissen Professors Doktor Doktor Etzel. Er ist weltberühmt für seine Forschungsaufträge. Er bekommt die meisten auf der Welt. Andere Forscher sind gegen ihn ein Waisenknabe! Da kommt er höchstpersönlich in das Labor. Dafür muß er durch eine vierzig Meter lange Quarantänestation robben. Die Station ist nur einen halben Meter hoch gebaut worden, weil dadurch ungemein viel Geld gespart wurde. Eine halbe Million Dollar sind hier verbaut worden, PRO KUBIKMETER, PRO KUBIKMETER! versteht sich! Endlich kommt er aus der Röhre herausgekrochen. Die anderen knien ehrerbietig vor ihm nieder, als er sich erhebt. »Nun mal halblang, meine Damen und Herren! Hier ist kein Karneval in Rio!« Der Professor ist bekannt dafür, daß er zwar den Leuten viele Freiheiten einbaut, mit Worten, aber wenn dann jemand sich wirklich danach richtet, wird schon mal ein Präzedensfall gemacht. Wie letztes Mal, als ein Helfer ihm nicht auf Knien entgegenkam, sondern aufrecht an ihm vorbeischritt. Dieser Mann wurde am selben Tag gefeuert. Nachts fand er dann unter mysteriösen Umständen den Tod. Er explodierte beim Zigarettenziehen. Der Professor schreitet durch die Reihen. Er trägt einen Dutt, das ist außergewöhnlich für einen Mann in seiner Stellung. Zwei Personen mit Akten kommen ihm entgegen. Sie befinden sich nun an der Zentrifuge. Die Zentrifuge arbeitet unaufhörlich. Die Geschwindigkeit ist sehr hoch, mit der sich alles dreht. Man kann mit bloßem Auge die Umdrehungen nicht mehr zählen. »Halten Sie sie an!« ermahnt der Professor die beiden. Schnell bedient der eine einen Hebel, während der andere eine Knopfgarnitur drückt, abwechselnd zwei blaue und dann einen grünen. Die Zentrifuge beginnt mit ihrer Bremsaktion. Die Koordinaten sind gesteckt für eine sanfte Landung. Nach einer Stunde müßte es soweit sein. Während der ganzen Zeit beobachtet eine dritte Person einen Radiator, der auf Stufe 4 steht. Er heizt die Bremsflüssigkeit vor, damit der Unterschied zum Bremsen in bezug auf den Normalbetrieb von der hochkomplizierten Maschine vergegenwärtigt werden kann. Eine Stunde Warten. Das kleine Grüppchen wird mit der Zeit erweitert zu bis zu acht Personen. Alle tragen weiße Läppchen um die Schuhe gebunden. Es ist gegen Strahlen gut. Bevor die Zentrifuge dann endlich hält, beschmieren sie sich die Gesichter mit einer dicken Schicht Creme. Der Professor allein tut es nicht, er hat auch schon eine total verbrannt riechende Haut. Blaue Pusteln sind in seinem Gesicht zu sehen, eine ganze Kolonie afrikanischer Spinnennester bedeckt seine linke Halsfläche. Die Spinnen werden schlüpfen, sobald sie erwachsen sind. Genau kann man den Zeitpunkt nicht bestimmen, nur wenn es passiert, bäumt sich der Professor auf vor Schmerzen, und eine Handvoll quirliger Spinnenbeine kommen aus den länglichen Beulen gekrochen, das Wasser aus der Wunde wird nach fauligem Uferschlamm stinken, und die Spinnen werden sofort unter seinem Hemdkragen Dekkung suchen. Sie krabbeln anschließend runter am ganzen Körper, dann kann man sie nicht mehr erwischen, sie laufen in alle Richtungen. Soviel Arme hat kein Mensch, um sie dann noch fangen zu können. So muß der Professor in Windeseile einen Raum aufsuchen, der hermetisch abgeschlossen ist, damit die Spinnen weiterverwertet werden können. Denn der Professor gewinnt aus diesen Spinnen nämlich Autobenzin, deshalb fährt er auch zweimal im Jahr nach Afrika an eine bestimmte Stelle und legt sich dort vertraut in den Schlamm eines bekannten Flusses, um die Larven aufzunehmen. Dafür muß man ein Idealist sein. Viele Kollegen bewundern ihn aufs gröbste. Hut ab, Herr Professor! Endlich hält die Zentrifuge an! Dieser Vorgang wird seit Jahren schon gefilmt. Die Kamera hängt über dem Raum, wo es stattfindet. Zwanzig Personen in einem Raum in einem anderen Gebäude sind dafür ausgebildet worden, den Vorgang zu beobachten mittels dieser Kamera. Darunter auch einer, den wir bereits kennen: Und zwar kein Geringerer als die Frau des Kommissars! Sie macht ein Praktikum hier! Zufall? Sie muß sich alles genau merken, morgen wird sie von Herrn Professor höchstpersönlich abgefragt.

»Meinst Du, Ursula, mit so einem Gerät kann man einen Arm wieder zu einem ganzen Menschen verwandeln?« – »Ich weiß nicht, soweit sind wir noch nicht mit dem Unterricht!« Der Kommissar sitzt mit seiner Frau am Essenstisch. Heißeste Kartoffeln liegen in einer weißen Porzellanschüssel. Sie dampfen qualvoll. Gurkensalat. Mit Yoghurtsoße. Kommissar Schneider verzieht den Mund. Er hatte gedacht, es gibt Wildente. Doch auf dem Bratenteller liegt nur ein kleiner, verschwindender Teil einer Bratwurst. »Willst du die Bratwurst?« Der Kommissar muß fragen, bevor er etwas nimmt. »Ja, ich kann sie aufessen, wenn du sie nicht willst.« Schnell würgt die Frau sich die Bratwurst rein. Dem Kommissar stehen Tränen im Gesicht. Es erinnert ihn an seine Kindheit, als es noch weniger zu essen gab als heute. Es war Krieg gewesen, oder gewissermaßen war er schon ein paar Jahre vorbei. Trotzdem mußte man unheimlich sparen. Außer natürlich die Reichen. Und deshalb war auch Kommissar Schneider heute so unbestechlich. Er wollte nichts mit den Reichen zu tun haben. Er war der souveränste Kommissar der Welt. Das war er seinen Fans schuldig, daß er sich nicht erpressen läßt, wegen Geld. Plötzlich kam seine Kindheit ihm in die Erinnerung herein: Die Spaziergänge mit Mutter und Vater, die Fingernägel, wie sie gezeigt werden mußten, das Brot, das morgens gebracht wurde, und die Milchflaschen. Wie der Vater nie zu sehen war, weil er drei Schichten arbeitete, der erste Schultag, an dem er eine 5 wegen schlechter Haltung bekam, obwohl es von der Ernährung stammen mußte. Oder war es einfach die Angst, vom Lehrer verprügelt zu werden, wenn er gerade stehen würde, so daß er deshalb auf allen vieren in den Klassenraum kroch? Er erinnerte sich an die erste warme Mahlzeit aus einem Schnellrestaurant. Schon damals hatte er diese Art von Essen ins Herz geschlossen, man brauchte dann zu keiner Frau in einer Schürze hochschauen und sich bedanken. Deshalb geht der Kommissar noch heute gerne in ein Schnellrestaurant.

»Ich nehme eine Jagdwurst mit Pommes und doppelt Mayonnaise.« Der Kommissar Schneider stand lange an, jetzt ist er dran. Die Wurst sieht aus, als hätte sie die Schwindsucht. Kommissar Schneider setzt sich an einen Tisch. Dabei gelingt es ihm nicht, die Wurst auf dem Teller zu halten, sie rutscht während der Setzbewegung vom Teller und auf den linken Fuß des Kommissars, er nimmt mit hochgebogenem Fuß einen kleinen Schwung und transportiert den kleinen Ausreißer gekonnt zurück auf seinen Teller. Patsch, da liegt die Wurst. Während der Kommissar ißt, streicht er sich manchmal genüßlich über seine linke Mantelseite, da ist die Strumpfhose drin, die er von seiner Frau geklaut hat. Er versucht sich schon mal in die Haut des Strumpfhosenmörders zu versetzen. Bei jeder weiblichen Person, die das Schnellrestaurant betritt, mißt er mit Gedanken den Halsumfang und rechnet imaginär aus, wieviel Kilopond Druck die zusammengedrehte Strumpfhose aushalten muß, um bei der Mordaktion nicht zu zerreißen. Bei einer Dame mittleren Alters ist er nicht sicher, ob die Strumpfhose halten wird, aber gerade das stachelt ihn außerordentlich an, es nun zu tun! Er will vorher sein Opfer richtig kennenlernen, so muß er sich aber was Tolles einfallen lassen. Lange Zeit hat er nicht um nachzudenken, denn die Frau bestellt sich nur eine Fischfrikadelle zum Hieressen. Die ist schnell gegessen. Die Frau beißt ein paarmal in die Frikadelle, und weg ist sie. Sie bleibt auch nicht lange. Zum Glück hat der Kommissar schon längst aufgegessen, schnell bringt er sein Besteck und Geschirr zur Durchreiche und kann gerade noch der Frau, kurz bevor sie heraustritt, zurufen: »Haben wir uns nicht schon irgendwo mal gesehen?« Die Frau tut so, als hätte sie nichts gehört. »Hallo! Ich darf mich vorstellen, ich bin Kommissar Schneider, der bekannte Polizist! Erkennen Sie mich jetzt?« Die Frau ist überrascht. Doch sie weiß nicht, daß sie bereits in diesem Augenblick des Todes ist! Denn zufälligerweise sitzt in einem grünen Auto, das am Straßenrand geparkt ist, der Mörder mit der Strumpfhose und lauscht gespannt in die Richtung der beiden, die sich nun kennenlernen. »Ach, Sie sind Kommissar Schneider? Ich habe Sie mir ganz anders vorgestellt.« – »Ja, ich bin privat hier, Sie verstehen, da lasse ich die Pfeife auch mal weg! Hahaha!« Der Kommissar wirkt lässig lustig. Die Frau lacht auch. Das findet der Mörder mit der Strumpfhose zum Kotzen. Er besieht sich den Kommissar genau, endlich hat er ihn mal so nahe vor sich. Der Mann kurbelt sogar heimlich die Scheibe runter, so kann er noch mehr mithören und sehen! Dabei sinkt er im Autositz immer tiefer. Was er jetzt mitanhört, ist für ihn sehr wichtig. »Wollen wir ein bißchen spazierengehen? Ich habe zwei Stunden nichts zu tun, gnädige Frau. Sie wollen doch sicherlich mal die geheimen Schliche eines Superkommissars erfahren, oder?!« Der Kommissar nimmt die Frau unterm Arm und will mit ihr gehen. »Aber mein Mann wartet mit dem Essen auf mich!« – »Wie, Ihr Mann kocht für SIE!?« Der Kommissar läßt ihren Arm los und ist erstaunt. »Ja, er kocht für mich, er ist Koch.« – »Ach, so, ja, dann kann er auch die Sachen noch später aufwärmen. Sie sagen einfach, Ihnen ist schlecht geworden, und sie mußten am Bahnhof auf einer Bank eine Stunde schlafen. Dabei hat man Ihnen die Handtasche geraubt und das

Gesicht mit einer Rasierklinge aufschneiden wollen, jedoch Kommissar Schneider kam dazwischen, und deshalb waren Sie mit ihm noch eine kleine Zeit zusammen, Sie verstehen.« – »Das ist eine gute Idee, Herr Kommissar. Okay, wir gehen irgendwohin, am besten . . .« Der Kommissar unterbricht: »Sagen Sie nichts, ich denke, es braucht doch hier keiner zu wissen, wo wir hingehen, oder?« Er guckt dabei aufgeregt in der Gegend herum. Der Typ in dem abgestellten Auto duckt sich in letzter Sekunde. Die zwei gehen weg. Jetzt ist es für den Typen im Auto an der Zeit, ungesehen hinterherzugehen. Er weiß zwar noch nicht ganz genau warum, doch es wird schon was für ihn bringen.

Der Entenvater schwimmt hinter der etwas größeren Ente her, die ein ganz anderes Fell hat, es ist die Entenmutter. Der Schwager der Ente ist auch dabei, ein stolzer Enterich, der ein kleines bißchen kleiner ist als der Entenvater, aber bunter. Fünf ganz kleine Entchen schwimmen im Paket vorneweg. Was für eine gemütliche Familie. Sie machen einen Ausflug. Doch da kommt auf einmal eine Biberratte aus dem Gebüsch gehopst und springt mit einem lauten Quieken ins Wasser. Die Entchen schwimmen wild durcheinander, und der Enterich stimmt ein lautes Geschnatter an. Der Schwager der kleinen Entenfamilie springt aus dem Wasser und stellt sich zwischen seine Lieben und die große Biberratte. Dabei erleidet er einen Herzschlag vor Aufregung und sackt schlapp zu Seite.

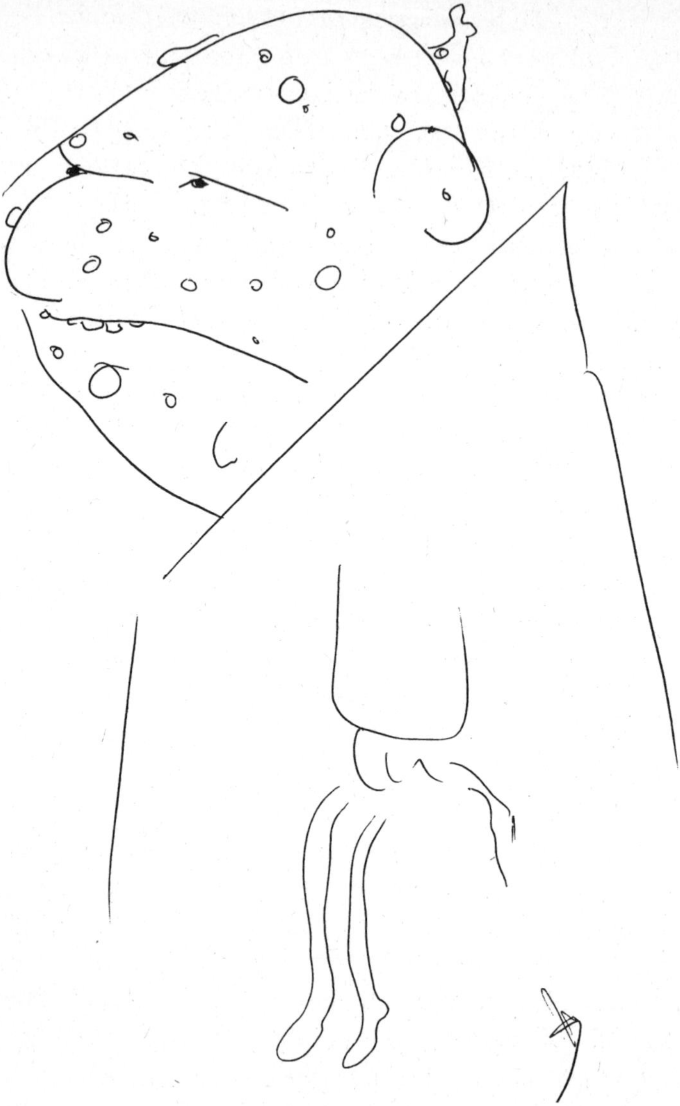

Die Biberratte hat leichtes Spiel eigentlich. Doch was muß die Entenfamilie über sie erfahren? Sie wußten es nicht ganz genau, aber die große Biberratte, die so gefährlich aussieht, ist Vegetarierin!
Diese putzige Szene beobachten der Kommissar und die Frau, die die Frikadelle aß. Und noch einer: der Mörder mit der Strumpfhose. Er hat sie schon um das Handgelenk gewickelt! Hinter einem Holunderbusch. Der Kommissar sagt gerade zu der Frau: »Wirklich interessant, die Tierwelt. Ich beobachte schon lange die Tiere hier im Stadtpark. Sie sind sehr freßfreudig.« Mit diesen Worten schmeißt er ein paar Brotkrumen ins Wasser. Er hat an alles gedacht. Und seine andere Hand, die man nicht sieht, weil sie ständig in der Manteltasche steckt, umklammert schwitzig eine Strumpfhose. »Das hätte ich nicht gedacht, daß ein Kommissar Tiere liebt.« – »Na ja, von Liebe ist ja wohl hier keine Rede, ich interessiere mich für sie. Beruflich.« – »Beruflich? Wie soll ich mir das vorstellen?« Die Frau ist verstört. »Entengrütze an der Kleidung eines Verbrechers zum Beispiel bedeutet, er lebt in der Nähe eines Teiches. Oder wenn jemand eine Bank überfällt und bei der Geldübergabe auffällig von seinen Freunden, den Tauchhühnern, spricht, die ihn mit der Beute da und da erwarten, weil sie unbedingt einkaufen müssen, und zwar da und da, dann ist klar, der Verbrecher wohnt in der Nähe eben eines solchen Teiches oder aber Flusses.« Die Frau merkt gar nicht, daß der Kommissar sie nur anschmieren will, so was kann man gar nicht strafrechtlich verfolgen, es ist unhaltbar. Die Frau ist nun, nachdem der Kommissar das so wunderbar erzählt hat, reif, um von ihm geküßt zu werden.

Sie läßt ihre Augenwimpern fallen, bis man sie nur noch halb sieht, und lehnt sich ein wenig nach hinten über das mit rohen Ästen gezimmerte Geländer, damit die Kinder nicht ins Wasser fallen beim Entenfüttern. Der Kommissar kennt sich aus und hilft ihr mit einem Arm aus, den er ihr um die Taille legt, von hinten, damit sie nicht abschmiert. Ihre Münder kommen näher zusammen, als es die Frau Kommissar Schneider gutheißen würde! Doch der Kommissar will jetzt endlich zum erstenmal ausprobieren, wie es ist, einen mit einer Strumpfhose zu erwürgen! Er zieht seine andere Hand mit der um das Gelenk gewickelten Strumpfhose aus der Manteltasche und beginnt jäh mit der Vorführung! Vorführung deshalb, weil der Kerl, der sich im Gebüsch versteckt hält, zuschaut. Die Frau kann keinen Laut von sich geben, es geht wirklich etwas zu schnell, wie der Kommissar ihr die Strumpfhose um den Hals legt. Er zieht kräftig zu, so wie er das bei dem Hund aus dem Tierheim geprobt hat. Und er sucht in den Augen der Frau das Entsetzen. Und findet es! Leider nicht ganz so, wie er es sich vorgestellt hat. Wahrscheinlich macht er irgendeinen kleinen Fehler, vielleicht müßte er sie noch mehr mit seinem Gesichtsausdruck quälen? Der Mann im Gebüsch wird fast verrückt, aber er kann ja nicht helfen bei dem Erdrosselungsvorgang, weil er ja dann von dem Kommissar festgenommen würde. Also schickt er sich in sein Schicksal und wartet ab, was passiert. Nach einer Weile läßt der Kommissar von seinem Opfer ab. Die Frau kann gar nicht begreifen, was gerade passiert ist. Der Kommissar erklärt ihr folgendes: »Ich mußte Sie als Versuchskaninchen mißbrauchen, junge

Frau. Es tut mir wirklich leid, aber ich hatte nicht die Absicht, Sie zu töten. Er ist so: Ich suche einen Mörder, der genauso vorgeht wie ich gerade. Verstehen Sie? Ich will mich in diesen Mann hineinversetzen, um ihn schnellstmöglichst zu stellen. Sie können mir dabei behilflich sein. Ich habe soeben mit meiner Aktion geprüft, ob Sie als Lockvogel in Frage kämen. Sind Sie verheiratet? Dann müssen Sie schnell etwas erfinden, warum Sie immer so spät nach Hause kommen ab jetzt. Ihr Mann darf nichts erfahren.« Die Frau hat jetzt verstanden, worum es geht. Und sie will helfen. Tausende von Frauen haben Angst vor so einem Mörder. Jetzt kann sie sich mit ihnen solidarisieren und ein gutes Werk tun. Sie kann diese Frauen von der Angst befreien und den Täter ins Gefängnis schicken. Sie willigt ein, jeden Tag nach Feierabend für den Kommissar als Lockvogel zu dienen. »Kann ich eventuell einen Vorschuß bekommen, Herr Kommissar?« Ehe der Kommissar antworten kann, läuten die Kirchenglocken sieben Uhr abends. Man kann sein eigenes Wort kaum noch verstehen. Mit zugehaltenen Ohren verabschiedet er sich von der Frau und geht schnell weg. Die Frau krümmt sich vor der brutalen Wucht des Geläutes der Kirchenglocken. Sie hält sich die Hände auf die Ohren und wiegt sich im Rhythmus der Glocken. Das ist das Signal für den Mann im Busch! Dies ist sein Fall! Zack, aus dem Gebüsch und mit fiebrigen Händen die bereits zur Wurst gewickelte Strumpfhose der Alten um den Hals! Feste zugezurrt, und noch mal ganz ganz feste an beiden Enden der Wurst gezogen, und mit dem gesamten Körpergewicht dieses Riesenmenschen. Die Frau ist bereits tot, bevor der Mann ihr die Strumpfhose durch den Nakkenwirbel zieht. Ein knackendes Geräusch, der Mann läßt ab. Er läßt die Frau auf die Erde sacken und hilft ein bißchen mit dem Unterschenkel nach, damit sie sich zu den Enten und Biberratten gesellen kann, unter dem mit rohen Ästen gebauten Ententeichgeländer rutscht sie, die Füße voran, ins Wasser. Blubb, blubb, blubb. Nach einer Weile ist nur noch das Gesicht in der Brühe zu sehen, der Abendsonne preisgegeben, dann machen ihre Haare eine Art Fächer um ihre Stirn und lange Fäden ziehend, sinken sie mit ihr in die Tiefe. Weg ist sie. Der Mörder mit der Strumpfhose hat kaum darauf achten können, ob die Frau entsetzt war, es ging alles viel zu schnell. Aber interessiert es ihn überhaupt?

»Bau doch bitte die Rennbahn auf, der Junge kommt doch gleich.« Der Kommissar glaubt, er hört nicht recht. »Welcher Junge?!« – »Unser Enkel! Er hat doch Ferien!« Der Kommissar hatte es vergessen. Stimmt, wenn seine Ferien um sind, beginnen die Ferien für den kleinen Jungen, er ist sechs Jahre alt und besucht seit ein paar Monaten die Schule. Der kleine Kerl geht dem Kommissar so was von auf den Wecker, daß er sogar mal darüber nachgedacht hatte, ihn mit seinem Auto »zufällig« zu überfahren. Einfach wäre es gewesen, denn der Junge spielt mit Vorliebe am Auto des Kommissars rum. Er hätte ihn nur vor die Stoßstange setzen müssen, und dann Vollgas. Keiner hätte ihm einen Vorwurf machen können, denn der Junge wäre von der Sicht des Autolenkers gesehn im toten Winkel gewesen. Toter Winkel! Hahaha! Der Kommissar hatte damals sehr gelacht bei dem Gedanken daran. Aber dann hat er auf einmal die Angelegenheit vergessen. Doch jetzt ist es wieder gegenwärtig. Der Junge ist bereits im Anmarsch. Ein Kleinwagen biegt in die Straße ein, in der der Kommissar mit seiner Frau eine glückliche Ehe führt. Man will die Idylle jetzt wohl aufs Spiel setzen! Der Kommissar guckt hinter der zuen Gardine, seine Augen sind riesengroß. Da kommt der Wagen. Vorne sitzt seine Tochter. Und dahinter malt sich schon großkotzig der sogenannte Kindersitz ab, ein riesiger Schatten. Der Kommissar bekommt es mit der Angst zu tun. Nur noch wenige Sekunden bis zur Ankunft dieses grauenhaften Gefährtes! Mit Tränen in den Augen wankt der Kommissar zur Tür. Ein helles Kinderlachen deutet ihm an, daß man im Auto die Handbremse angezogen hat. Und noch so ein Lachen: Der kleine Knirps wird aus seinem überdimensionalen Sitz gezogen. »Opa! Opa! Opa!« Mehr kann er noch nicht sprechen, anscheinend. Er zeigt im Rennen auf das Haus des Kommissar Schneider. Da macht der Kommissar die Tür auf. »Opa! Opa! Opa!« Der Junge kommt doch tatsächlich mit offenen Armen zu seinem Opa gelaufen. »Wo ist der Opa?! Wo ist der Opa?!« Plötzlich ist Kommissar Schneider ein anderer Mensch. Er hebt den Kleinen glücklich hoch und gibt ihm einen nassen Kuß auf die linke Wange. Da kommt auch schon die Tochter des Kommissars. Sie ist dicker geworden, seitdem sie von zu Hause ausgezogen ist. Das Essen muß wohl woanders besser schmecken. »Hier, der Kleine gehört euch für drei Wochen! Ich muß wieder weg!« »DREI WOCHEN??!« Der Kommissar läßt den Kleinen fast fallen. »So lange?« – »Ich mache Urlaub in Thailand, da kann ich ihn ja wohl kaum mitschleppen! Habt Ihr noch ein paar Mark für den Flug?« Die Frau Kommissar Schneider kommt aus dem Haus heraus. »Laß ihn ruhig hier, wir werden das Kind schon schaukeln.« Sie nimmt dem Kommissar den Kleinen ab. Hastig kramt der Kommissar in seiner Tasche und holt ein paar Mark raus. »Hier. Mehr hab ich nicht. Tschüs!« Die Tochter kann gehen. Als der Kommissar gebeugt in seine Haustüre schreitet, fährt ein Kleinwagen mit heulendem Motor weg. »Ich hab Hunger, Oma Schneider!« Der Junge legt sofort los. Genauso hat es sich der Kommissar gedacht. »Du kriegst erst was, wenn ich von dir das schöne Händchen bekomme.« Der Kommissar beugt sich freundlich zu dem Kleinen. »Kommissar Schneider? Warum siehst du so tot aus in deinem Gesicht?« Der Kommissar kann sich gerade noch beherrschen. »Der Knabe geht mir auf den Wecker, Ursula! Nimm ihn mit in die Küche!« Er schickt den Kleinen in die Küche. Dort wird er mit Leckereien versorgt, die Frau Kommissar schon eingekauft hatte. Als der Kommissar gerade nachdenkt, und zwar über die Aktion am Teich, wo er die Frau gewürgt hatte, und gerade einen Einfall hat, kommt der Kleine aus der Küche und fragt den Kommissar etwas. Wieviel Haare er auf dem Kopf hätte. Das muß man sich mal vorstellen! Der Kommissar flippt aus: »URSULA!«, schreit er in die Küche, »bring den Kleinen ins Bett! Ich kann nicht nachdenken!« Er geht aus dem Zimmer und will in seine Garage gehen. Da ziept es an seinem Bein. »Kommissar Schneider? Warum können Tiere nicht sprechen?« Der Kommissar beantwortet die Frage mit einem derben Fußtritt. Der Junge fliegt gegen die Wand. Er weint. Der Kommissar klebt ihm ein Pflaster auf den Mund aus seinem Verbandkasten. Die Frau ist immer noch in der Küche und bereitet dem Kleinen das Essen. Als sie den Jungen mit seinem Pflaster entdeckt, wie er auf allen vieren durch die Garage kriecht – er kommt aus der Richtung, in der die Mülltonnen stehen –, ist der Kommissar mit seinem Auto schon längst in einem anderen Stadtteil. »Ja, wo ist denn der Opa? Ja, wo ist der Opa denn?!« Was für eine goldiges Kerlchen, denkt sie. Ob sie auch noch mal Kinder haben will? Bei dem Gedanken daran lächelt sie vielsagend. Sie nimmt den Jungen auf den Arm und küßt ihn mit schlechtestem Atem auf den Mund. Der kleine Kerl kotzt fast. Das wird er nie vergessen.

Das Handballspiel ist in vollem Gange. Die Zuschauer auf der Tribüne sind ungestüm und nervös. Die zweite Halbzeit ist in ein paar Minuten zu Ende. Die Partei des Gegners liegt vorne. Der Gastgeber muß sich ungeheuer anstrengen, um einen Gleichstand zu erlangen oder gar zu gewinnen. Da! Aus zweiter Reihe stiebt ein langer Kerl nach vorne durch die geblockte Abwehr, ein schneller Blick in die Flanke des Gegners, dann ein paar Sprünge durch eine imaginäre Wand, ein unglaublicher Wurf aus vollem Lauf, und der Ball fliegt in Richtung gegnerisches Tor! Dann das Chaos!

Der Torwart kann den Ball abfälschen, und wie durch ein Wunder kommt ein langer Arm in die Höhe, man kann gar nicht unterscheiden von wem, und der Ball wird mit einem gewaltigen Faustschlag den kurzen Weg von der Siebenmeterlinie ins Tor geprügelt. TOR!! Die Menge tobt! Gleichstand! Nur zwei Minuten vor dem Abpfiff. Der Spieler, der den Treffer gelandet hat, wird von seinen Freunden regelrecht zerquetscht vor Freude. Jetzt geht das Spiel weiter, die Zuschauer toben auf ihren Rängen. Am liebsten würden sie jetzt mitmachen. Jeder einzelne meint, es besser zu können wie alle anderen. Die gewaltige Stimmung bringt einen ungeheuren Elan aufs Spielfeld. Aber auch der Gegner ist emsig bei der Sache. Doch scheinen einige Spieler bereits ein wenig ausgepumpt. Endlich, der Schlußpfiff. Das bedeutet ein langes und nervenzehrendes Siebenmeterwerfen. Das Spiel wird im Fernsehen übertragen. Jede zusätzliche Minute kostet Millionen. Handball, das neue Ding! Nachdem die Lust am Fußball in den auslaufenden neunziger Jahren vergangen war, mußte man etwas ähnlich Spannendes bringen. Und da war Handball als Mannschaftsspiel das Richtige. Die einzelnen Spieler wurden wie Filmstars behandelt und hatten jeder seine eigene Limousine. Kommissar Schneider fand das scheiße. Er war nie an Mannschaftsspielen interessiert. Nur Judo, das konnte ihn aufregen. Zurück aufs Spielfeld. Das Siebenmeterwerfen ist im Gange. Noch ein Punkt trennt die Gastgeber vom Sieg. Da! Der Punkt. Einer wirft ein Tor. Die andern heulen fast, weil sie verloren haben. Jetzt müssen sie die Trikots wechseln. Einer von den Gegnern will seines nicht abgeben. Er wird verhauen. Dann geht's. Kommissar Schneider ist beruflich hier, sonst würde er sich so einen Mist nicht angucken. Als die Zuschauer endlich aufstehen, beginnt für den armen Kommissar die anstrengende Arbeit. Er muß sich am Ausgang aufstellen und sich jeden einzelnen genau angucken. Er ist auf der Suche nach dem Arm, der sich selbständig gemacht hatte und aus dem Kühlschrank abgehauen war. Der Kommissar vermutet, daß sich der Arm hier irgendwo wiederfindet, weil Handball viel damit zu tun hat. Es ist nur so eine Ahnung, die den Kommissar befallen hat. Was soll der Arm eigentlich hier? Der Kommissar findet es selbst merkwürdig, wieso er ausgerechnet hier sein Glück versucht. Und er hat Pech, der Arm ist nicht aufgetaucht, seitdem er die Arena betreten hat. Bis jetzt sind zwei Stunden vergangen. Mit Adleraugen prüft der Kommissar jeden Arm. Nach einer Weile fällt ihm ein Arm auf. Es handelt sich um einen Mann, der allein zugeschaut hat. Die meisten anderen sind in kleinen Grüppchen gekommen. Aber dieser Mann ist allein. Also hat er keine Freunde. Und jemand, der keine Freunde hat, ist entweder unbeliebt, oder es besteht die Möglichkeit, daß dieser Mann noch nicht so alt ist. Aber da geht der Mann schon vorbei. Der Kommissar muß hinterher, um zu prüfen, was seine Ahnung ist. Mit ein paar schnellen Schritten ist er bei ihm. Er besieht sich den Arm ganz genau, im Vorbeigehen, versteht sich, er will ja nicht so auffallen. Bei längerem Studieren überkommen ihn Zweifel. Dieser Arm hier muß schon länger an dem Rest angewachsen sein. Dann reißt er allen Mut zusammen und packt den Arm einfach an. Der Mann, dem der Arm gehört, wird sofort sauer. »Hey! Laß mein Arm los, du Arschloch!!« Und er fängt sofort an zu schlagen. »Entschuldigung!« Der Kommissar duckt sich. »Auch noch schwul, was?! Hier, nimm dies!!« und der Mann haut dem Kommissar mit der flachen Hand ins Gesicht. Der Kommissar hat bei diesem Kerl keine Chance. Oder doch? Er holt einen Elektrostab aus dem Trenchcoat und haut ihn dem Mann vor den Kehlkopf, so daß dieser wie vom Blitz getroffen zusammensackt. Gewonnen! Der Kommissar steigt über sein Opfer hinweg, die Zuschauer drängen unheimlich, sie wollen nach Hause. Das Spiel ist aus. Für den Kommissar Schneider hat der Abend aber doch noch ein Gutes: Er geht zufällig an einem Haus vorbei, wo offensichtlich drin gevögelt wird. Das darf nicht sein, es ist noch nicht zehn Uhr. Er holt seine Dienstmarke raus und schellt, es ist nur eine einzige Schelle am Haus. Von drinnen hört man, wie jemand flucht. Eine tiefe Männerstimme will nicht aufmachen. Doch die etwas hellere Frauenstimme flüstert dem Mann ein paar unverständliche Worte zu. Dann macht der Mann doch noch die Türe auf. »Ah, Sie sind es, Herr Kommissar! Was führt Sie zu uns?« Der Kommissar guckt dem Mann direkt ins Gesicht. »Sie poppen! Es ist noch nicht zehn Uhr!« – »Aber Herr Kommissar! Sie haben sich sicherlich verhört! Ich habe eine Rückenmassage bekommen, vielleicht meinen Sie das?« Der Mann tut so, als hätte er nicht gepoppt! Das muß man sich mal vorstellen! Der Kommissar muß nun darauf drängen, auf Verdacht eine Anzeige zu schreiben. »Ich muß Sie leider anzeigen!« Er holt einen Block aus dem Mantel. »Aber Herr Kommissar, kann man die Angelegenheit nicht anders regeln?« Er dreht sich um, dabei greift er auf das kleine Tischchen und zaubert ein Portemonnaie hervor, macht es auf. Der Kommissar guckt pfeifend nach hinten und hält die Hand auf. Der Mann legt ihm hundert Mark in die Hand. Da guckt der Kommissar Schneider unwillig und will gehen. »Nein, ich zeige Sie an. Das ist zu wenig.« Da gibt ihm der Mann all sein Hab und Gut. Er weint, seine Frau steht hinter ihm und lehnt sich an seine starken Schultern. Der Kommissar ist stahlhart. Wieder mal was dazuverdient.

Die Erde sieht aus dem Weltall sehr interessant aus. Allerdings, es kommt darauf an, aus welcher Richtung. Wer schon einmal in einer Raumkapsel gesessen hat, weiß, wovon ich rede. Im Flug über dem Pazifischen Ozean passiert nicht viel, ein paar kleinere Inselgrüppchen, dann die Philippinen, das Japanische Meer und Mikronesien. Eine kleine Insel heißt Saipan, kurz vor dem Marianengraben. Der Marianengraben ist bekannt für seine unglaubliche Tiefe. Hier teilt sich die Erde auf in bevölkerte Welt und spärlich belebtes Meer. Wenn die Raumkapsel dann weit in das Landesinnere eindringt, sieht man viele Städte. In den Städten leben viele Menschen. Mit einem starken Glas kann man alles sehen. Kommissar Schneider hat solch ein starkes Glas. Er hält es in der rechten Hand, in der andern Hand eine Zigarette. In dem starken Glas ist Schnaps drin. Aha, so ein Glas ist gemeint. Der Kommissar besieht sich die Erde in Gedanken! Mit der Phantasie! Er hat die Augen zu und denkt an die vie-

len Menschen in Indien, Nepal, Holland, Amerika, und so weiter. Wieviel Geld haben wohl alle zusammen? Er wüßte nicht, wo man da anfängt zu zählen, mit welcher Währung?
Die Frau Kommissar hat gerade den Jungen ins Bett gebracht. Er war den ganzen Tag frech gewesen. Der Kommissar ist total genervt von dem Kerl. Und er ist sauer, weil der kleine Knirps nichts als Geld kostet. Der Junge wollte sich partout nicht mit der Zahnbürste des Kommissars die Zähne putzen, so mußte die Frau Kommissar ihm extra eine kaufen. Und so ein Kind muß fast mehr essen als ein Erwachsener! »Oma, ich hab Hunger«, das war heute der Hauptsatz diesen frechen Jungen gewesen. Sie haben ihn dann dementsprechend auch mit Süßzeugs vollgestopft. Am liebsten hätte der Herr Kommissar Schneider ihn wie eine Gans gemästet, er hatte das mal im Fernsehen gesehen, wie man Gänseleberpastete macht. In einem unbeobachteten Augenblick hatte der Kommissar dem Kleinen zwei ganze Bananen gleichzeitig ins Maul gedrückt. Der Junge bekam kaum noch Luft. Da kam die Frau schnell angelaufen, und der Kommissar sagte zu ihr: »Ursula, der Junge hat Hunger, er schnappt schon nach Luft, schnell, gib ihm diese Banane hier!« Er reichte ihr eine dritte Banane, und die Frau gab sie ahnungslos dem kleinen Kerl, fast wäre er erstickt. Er lief blau an, und die Frau dachte, er hätte noch mehr Hunger, das wäre ein Zeichen für Hungergefühle, und dann schmierte sie ihm Schnitten und kochte ihm Grießbrei. Anschließend gingen sie noch Pommes essen. Der Kommissar nutzte die Gelegenheit, um sich schon mal nach einem neuen Opfer für seine Strumpf-

hosenübungen umzusehen. Wo war eigentlich die eine von neulich, die er am Teich gewürgt hatte? Er hatte sie schon lange nicht mehr gesehen. Und sie war doch vorher eigentlich des öfteren in dem Schnellrestaurant gewesen, wo sie jetzt auch mit dem kleinen Jungen hingingen.

Endlich war der Junge eingeschlafen. Die Frau Kommissar gesellte sich zu ihrem Mann, das heißt, sie wollte es wohl gerne. Aber sobald die Frau sich zu dem Kommissar auf die Couch setzte, stand, ja sprang der Kommissar auf und murmelte etwas von »Ich glaub, ich geh mal meinen Rundgang machen.« Die Frau wunderte sich, weil er ja früher öfters Rundgänge machen mußte, als er noch einfacher Polizist gewesen war. Aber jetzt? Merkwürdig! Was war nur mit ihm los? Der Kommissar verließ schweigend das Haus. Seine Frau blieb verschüchtert auf dem Sofa sitzen. Was für ein Scheißleben. Sie dachte schon wieder an Suizid, doch da fiel ihr die Verantwortung ein, die sie um den Jungen hatte. Sie lauschte ins Schlafzimmer. Der kleine Kerl lag im Ehebett, in der Mitte, sozusagen Besucherritze. Im Arm hatte er einen dicken Teddy. Er träumte davon, wie er morgen mit dem Kommissar auf den Kirmesrummel geht und die Frau Kommissar lecker Essen macht, wenn sie wieder nach Hause kommen. Ein kleines weißes Schaf erschien ihm im Traum. Es überreichte ihm eine nagelneue Autorennbahn mit allen Schikanen.

Mit einem riesigen Ballon Zuckerwatte vor dem Gesicht und zwei dicken Granatäpfeln bewaffnet, steigt Kommissar Schneider in die Raupe. Der Junge hat bereits vier große Zuckerwattestengel aufgegessen und schon einmal gekotzt. Die Geisterbahn war für ihn eine harmlose Kacke, denn der Knirps guckt zu Hause bei seiner Mami ausschließlich Zombi- und Horrorfilme der schlechtesten Sorte. Auch Hardcore-Pornos werden ihm präsentiert, damit er endlich die Klappe hält. Seine Mutter will schließlich auch noch was vom Leben haben. Kommissar Schneider rutscht wegen der Fliehkraft der Raupe stark an den Außenrand dieses rasenden Vehikels. Es geht in einer ungeheuren Geschwindigkeit immer im Kreis, dazu gibt es einen langgezogenen Huckel, und das Ding hebt sich immer mehr gegen die Erdanziehung. Und dann kommt es: Der Typ, der die ganze Zeit schon die Leute dazu animiert, mitzufahren, schreit in sein Mikrofon: »Und nun, meine Damen und Herren, liebe Kinder und welche, die es werden wollen, das ganze RRRRRRRRÜCKWÄÄÄÄÄRTS!« Dazu laute Popmusik! Kommissar Schneider kann den Jungen gerade noch an den Waden festhalten, sonst wäre er rausgeflogen. Doch der kleine Kerl scheint das spitze zu finden, er lacht unaufhörlich. Kommissar Schneiders Nerven sind am Ende. Als er von dem Vergnügungsgerät absteigt, bemerkt er die Veränderung noch nicht sofort. Jedoch die Leute schauen ihn schon komisch an. Was ist nur mit ihm los? Und auch der Junge bekommt Angst vor ihm! Als sie an einer Schießbude vorbeikommen, dreht sich plötzlich einer der beiden Männer um, die gerade dort ihr Glück versuchen, und zielt auf Kommissar

Schneider! Kommissar Schneider duckt sich, sonst wäre die Kugel mit Sicherheit in seinem Schädel detoniert. Und da zielt der Kerl doch schon wieder! Was soll denn das?! Kommissar Schneider will seinen Polizeiausweis zücken, doch es geht nicht. Er hat gar keine Innentaschen! Verdammt! Wo ist der Ausweis? Der Junge rennt weg und schreit! Die meisten Kirmesbesucher flüchten vor Kommissar Schneider! Kommissar Schneider kommt zufällig an einem Spiegelkabinett vorbei, und was muß er da sehen? Tatsächlich, seine Befürchtung ist Realität geworden: In seinem Spiegelbild steht ein ausgewachsener Elch! Kommissar Schneider schüttelt aufgeregt sein riesiges Geweih und stampft stadtauswärts, gefolgt von ein paar Mutigen.

»Guck mal Mama! Was ist das für ein Tier?« – »Das ist ein Elch, Patrick, und nun wollen wir aber weitergehen, damit wir noch zu den Affen kommen. Hier, dein Keks!« Die Mutter schiebt den Kinderwagen unaufhaltsam weiter durch die geharkten Wege des Zoos. »Eine Schildkröte, Mama! Die sind viel besser wie der olle Elch! Guck mal, darf ich dadrauf reiten? Bitte! Bitte, Mama! Bitte!« – »Das geht nicht! Und wenn du noch mehr quengelst, bekommst du eine Tracht! Paß bloß auf, Patrick! Ich bin hier nicht dein Sklave! Wenn du so weitermachst, kannst du deinen Wagen selber schieben!« Sie schimpft mit ihrem Sohnemann. Klar, daß der sofort anfängt zu weinen, denn das erweicht ihr hartes Herz ein wenig, und er bekommt vielleicht jetzt obendrein noch ein Speiseeis. Das ist übrigens die Idee! »Mamaaaaa! Ich will Eis! Eis! Mama! Da! Eis!« Er strampelt in seinem Kinderwagen und fällt fast raus. Die Mutter hat eine schwere Last mit so einem Lümmel! Aber das ist noch gar nichts gegen den Enkel von Kommissar Schneider. Die gehen mit dem überhaupt nicht mehr in den Zoo. Zu gefährlich. Der hat mal einem Elefanten eine Flasche Kakao an den Kopf geschmissen, und so ein Elefant vergißt bekanntlich nie. Kommissar Schneider schaut sich diese Szene mit sorgengefurchter Stirn, die sich zwischen den riesenhaften Geweihlöffeln kräuselt, an. Er ist jetzt schon eine Woche im Zoo und hat noch gar keinen Besuch von irgendwelchen Verwandten oder Bekannten bekommen. Eine Unverschämtheit, was meinen die, wer er ist! Leider kann er mit seinen dämlichen Hufen keinen Brief nach Hause schreiben, aber seine Frau müßte doch auch mal in den Zoo kommen, es stand doch in der Zeitung, daß ein Elch auf der Kirmes gefangen wurde, das muß einen doch interessieren! Macht die sich denn keine Sorgen, wo der Kommissar Schneider abgeblieben ist? Das kann doch wohl nicht wahr sein! Kommissar Schneider verzweifelt fast. Doch irgendwie gefällt es ihm hier im Zoo. Er bekommt dreimal am Tag eine Mischung aus Eicheln, Bucheckern und Essensresten aus dem italienischen Restaurant, das an den Zoobetrieb angeschlossen ist. Jemand macht ihm täglich den Dreck zwischen den Hufen weg, und sogar ein Veterinär war da, er hat ihm eine Beruhigungsspritze in den Arsch gedonnert mit einem Luftgewehr. Kommissar Schneider fand das gar nicht schlimm. Aber langsam mußte er mal wieder hier raus, denn der Fall »Der Mörder mit der Strumpfhose« muß ja schließlich aufgeklärt werden. So kommt es, daß Kommissar Schneider in einem unbeobachteten Augenblick aus seinem Gehege ausbüchsen kann. Drei, vier riesige Sätze durch die laue Nacht, und der Zoo hat eine Attraktion weniger. Der einzige, der etwas davon mitbekommt, daß Kommissar Schneider türmt, ist der Bengal-Tiger Jochen. Er ist der letzte, der Kommissar Schneider verpfeifen würde! Er hofft nämlich, daß Kommissar Schneider ihn hier auch rausholt, denn er hat es ihm versprochen. Vielleicht wollte Kommissar Schneider aber auch nur die Bekanntschaft dieses königlichen Tieres machen. Der Bengal-Tiger lebte schon fast 40 Jahre hier. Er hatte unglaubliche Langeweile. Ab und zu bekam er »Besuch« von einer Gazelle. Na ja, die schmeckte schon nicht mehr so, denn wenn man selber nicht jagt, hat man keinen Spaß an dem Zeugs. Es war einfach zu einfach, seine Krallen in ein wehrloses Opfer zu stecken, um mit einem einzigen Biß in die Gurgel diesem Leben ein Ende zu machen. Einem Leben ähnlich dem seinen, ein Leben mit geregelten Mahlzeiten und einer wahren Flut von Gaffern, die alle keine Ahnung hatten. Wenn er doch nur einmal einen von den Arschlöchern durch die Gitterstäbe ziehen könnte! Schon einmal war es ihm gelungen, ein Kind, vier Jahre alt. Aber wenig dran. Keiner hatte es gemerkt, das war das Größte daran! Man hat es der Schlange in die Schuhe geschoben! Hahaha! Sie wurde nach einer tollen Verfolgungsjagd von einem wütenden Mob erhängt.

Die Frau Kommissar Schneider steht in ihrer Küche und kocht sich ein paar leckere Erdbeeren, sie will wohl Marmelade machen. Sie nimmt einen ihrer dicken Finger und steckt ihn in den Brei, dann lutscht sie ihn ab. Dabei quiekt sie ein bißchen, wie ein kleines Ferkelchen, etwas übertriebener. Es scheint ihr zu schmekken. Ja, Erdbeermarmelade ist ihr Leibgericht. Schon als kleines Kind wollte sie ausschließlich Erdbeermarmelade essen. Durch ihre Starrsinnigkeit hatte sie auch letztendlich immer bekommen, was sie wollte. Erdbeermarmelade. Als sie nun so dastand mit ihrem Finger voll Erdbeermarmelade, schellte es an der Tür. Es ist der Kommissar Schneider, er will noch mal rausgehen, um sich die Beine zu vertreten. Aber er hat den Schlüssel vergessen und schellt deshalb an. »Mußt du schellen? Der Junge schläft schon!« Die Frau ist böse auf den eifrigen Spaziergänger. »Ja, ich hab den Schlüssel vergessen, gib mir deinen eben. Schnell, ich will beim Spaziergang überlegen, es geht um den Fall »Strumpfhose««. Sie gibt ihm den Schlüssel, er muß ihn sich aber an einem Tau um den Hals hängen. Er steckt den Schlüssel unter das Hemd, er hinterläßt dort eine Druckstelle. »Du bist mir noch Rechenschaft schuldig über das Alleinenachhausekommen des Jungen von der Kirmes!« – »Ich habe einen sehr schwierigen Fall zu bearbeiten, Ursula! Fange keinen Streit an! Auf Wiedersehen.« Er verläßt gestreßt das Haus. Die Frau Kommissar Schneider ist mir recht böse auf ihren Mann, denn er ist auch in letzter Zeit sehr kaputt, so daß er die ehelichen Pflichten kaum noch erfüllen kann. Und aus diesem Grunde hat sie auf eine Annonce in der Zeitung reagiert: »... kultivierte und sehr gutsituierte Dame mittleren Alters gesucht, vonwegen einer Beziehungskrise mit einem verschwiegenen, gutaussehenden, ehrlichen, bescheidenen und hervorragend poppenden Mann. Melde Dich, wenn Du den Anforderungen entsprichst!« Das fand sie aufregend. Bei der Verabredung machte sie Bekanntschaft mit einem Mann, der allerdings nicht so gut aussah, wie in der Beschreibung. Er hatte ein pockennarbiges Gesicht und zog einen Arm hinter sich her. Außerdem roch er irgendwie merkwürdig, so nach alten Strümpfen oder sogar Strumpfhosen! Egal, die Frau Kommissar nutzte die Gelegenheit einfach aus, und zwar öfters. Im Bett war der Typ auch beschissen, aber Hauptsache, er zog Kommissar Schneiders Schlafanzug an dabei, dann ging es. Ob sie wußte, wen sie da mit sich das machen ließ, wofür der Kommissar gerade wegen der Suche nach demselben keine Zeit für das hatte?

Es regnete wieder. Kommissar Schneider lenkte seine Schritte in Richtung Innenstadt. Kaum noch Leute waren unterwegs. Es war Geschäftsschluß. Ein Mann kam ihm entgegen mit einem Leiterwagen. Er zog ihn hinter sich her und summte vor sich hin. Auf dem Leiterwagen waren Kohlen. Der Mann heizte noch mit einem altertümlichen Kohleofen, eine Seltenheit. Der Kommissar Schneider sog den Geruch der Kohle in seine Nasenflügel, er atmete tief durch und erinnerte sich an seine Kindheit. Direkt neben einem Bergwerk aufgewachsen, überkam ihm jedesmal, wenn er Kohlen roch, dieses Gefühl von Infantilität. Er begann, wie ein Kind zu denken. Und das half ihm bei so manchem Fall, den Täter zu finden. Ob er seine Gedanken auch diesmal dazu bringen könnte, einen Strick um den Hals des Verbrechers zu ziehen? Der alte Untersuchungsrichter hatte ihm damals, als er den Fall »Der falbe Kaplan« löste, mit einer Bemerkung zum Sieg über einen abgefeimten Betrüger verholfen. Er hatte gesagt: »Sei immer auf der Hut vor Leuten, die Schlangengift mit sich führen, es könnte für dich bestimmt sein, guter Freund!« Der Spaziergang war heute zermürbend. Dem Kommissar fiel nichts ein, was ihn hätte weiterbringen können. Wie er auch die Fährte des Strumpfhosenmörders mit Gedanken verfolgte, er kam auf keinen Nenner. Denn dazu waren die einzelnen Morde, wenn sie auch eine gemeinsame Handschrift führten, zu weit voneinander entfernt, rein gesellschaftlich gesehen. Ein Weichensteller, eine Frau, ein normaler Mann, und so weiter, bei allen Überprüfungen war herausgekommen, daß die einzelnen Opfer sich auf keinen Fall kennen konnten. Außer dem Weichensteller, er könnte Kontakt zu jemand anderes gehabt haben, und zwar durch seinen Beruf. Immer wieder kommt an der Weiche nämlich ein Zug vorbei, es könnte möglich gewesen sein, daß ein anderes Opfer da drin saß und mal kurz gewunken hat. Ja, das hört sich sehr utopisch an, aber Kommissar Schneider mußte einfach jede Spur ausloten.

Als der Kommissar Schneider spät in der Nacht nach Hause kommt, liegt seine Frau schon lange im Bett. Er denkt sich nichts dabei, daß in seinem Schlafanzug ein bißchen von dem Geruch eines anderen drinsteckt. Und das auf seinem Kopfkissen deutlich die Gesichtshälfte eines anscheinend sehr pockennarbigen Mannes sich abmalt, davon will er nichts wissen. Seine Frau geht doch wohl nicht fremd? Nein, das kann nicht sein. Nicht sie. Beruhigt schläft er ein, nachdem er aber noch heimlich eine ganze Pfeife in der Toilette geraucht hat.

»lalalalala la, lalalala la. lalalalala la, lalalala laaaa!« Der Polizeichor ist zum Kotzen unmusikalisch. »Wünschen zum Gebuuuu-urtstag, wünschen zu-um Gebu-u-u-urts-tag, a-aa-lles Gute, ja, alles Gute zum Freu-oo-oi-den-taaaggg!« Der Polizeipräsident klatscht als einziger Beifall, denn ihm galt das Ständchen. Kommissar Schneider dirigiert, und man sieht ihm an, daß ihn diese Aufgabe vollends erfüllt. Sie hatten ausgiebigst geübt die letzte Zeit. Und was dabei herauskam, konnte sich sehen oder besser gesagt hören lassen. Als die Geburtstagsfeier zu Ende ist, zitiert der Polizeipräsident den Kommissar Schneider zu sich ins Büro. »Herr Oberkommissar, erst einmal vielen Dank für diese schöne Sache mit dem Ständchen. Eine tolle Idee! Sie könnte vom Untersuchungsrichter stammen, das sagt mir meine Kombinationsgabe. Und nun werde ich etwas vertraulicher (er senkt seine Stimme deutlich): Herr Kommissar Schneider, werden Sie den Mörder mit der Strumpfhose bekommen können? Es liegt mir einiges daran, wissen Sie, ein Enkel von mir

liebt Strumpfhosen über alles. Das wollte ich ihnen mitteilen. Er bastelt damit Männchen. Sie verstehen, sogenannte Strumpfmännchen, das sieht sehr witzig aus. Ich will damit sagen, nicht jeder, der Strümpfe im Haushalt hat, muß gleich verdächtig sein. Auch ich habe Strümpfe, allerdings Skisocken und halblange Kniestrümpfe. Sie haben sicherlich auch Strümpfe. Zeigen Sie mir bitte noch mal Ihren Polizeiausweis, ich will nur sichergehen, daß Sie es wirklich sind, Herr Kommissar!« Der verdutzte Kommissar zeigt ihm natürlich umgehend den Ausweis. »Aha, das ist also der Herr Kommissar Schneider auf dem Foto. Na ja, übrigens, ich hätte mich sehr über ein Phantombild von mir gefreut! Zum Geburtstag. Warum sind Sie nicht auf so eine tolle Idee gekommen?« Der Kommissar brachte später heraus, daß der Polizeipräsident diese Idee bereits vorher einem Polizisten übertragen hatte, der solle für ihn zum Geburtstag die Sache erledigen. Doch Kommissar Schneider kam ihm in die Quere, ohne weiter nachzudenken. Er war deshalb vollkommen geschockt. Was für ein hinterfotziges Verhalten des Polizeipräsidenten! Also, ehrlich! So etwas hatte er noch nie erlebt. An diesem Tag geht er mit gemischten Gefühlen nach Hause. Wollte man ihn etwa loswerden? Ihn, den unglaublichen Kommissar Schneider? Den erfahrensten Kommissar im Polizeidienst? Heute griff er ohne zu fragen in den Kühlschrank und holte sich einfach eine Bockwurst aus dem Glas.
Die Frau Kommissar hatte zwar schon den Tisch gedeckt fürs Abendbrot, doch der Kommissar beachtete es nicht, er holte sich noch eine Wurst raus und fraß sie auf. Im Vorbeigehen. Dann ging er wie üblich ins

Gartenhaus und las in der Akte »Strumpfhose«. Dabei dampfte es verschwiegen aus seiner Mehrschaumpfeife. Eine Schallplatte brauchte er nicht aufzulegen, um eine romantische Stimmung zu bekommen. Die Baumwipfel im Nachbargarten wiegten sich quietschend im Wind, der nun aufgekommen war, und der Marder, der unter dem Holzhaus an den Balken nagte, sorgte für ein Solo.

»Ich nehme ein paar graue und dann noch diese neuen hier, die da . . . ja.« Es war mal wieder soweit. Der Mörder holt sich Strümpfe. Diesmal aber woanders. In dem Kaufhaus, wo der Kommissar früher mal nebenbei als Kaufhausdetekiv gearbeitet hat. Aber das weiß ja keiner. Schon gar nicht der Mörder. Sonst wär ihm sicherlich mulmig geworden. Die langbeinige Brünette schmiß ihm die Socken nur so um die Ohren, denn sie hatte keine Zeit. Ihr Geliebter wollte sie pünktlich nach Feierabend abholen und wartete bestimmt schon mit seiner Maschine in der Einmündung. Sie freute sich überhaupt nicht auf die Fahrt zum See, die er ihr versprochen hatte nach langem Quengeln. Sie wußte, daß er eigentlich keine Lust dazu hatte, es aber nur tat, damit sie weiter mit ihm Kontakt hält. Sie hatte vor, sich von ihm zu trennen. Sie sah nicht ein, daß sie den ganzen Tag arbeitet, und der Kerl verbringt seine Zeit mit Nichtstun. Deshalb hatte sie von vornherein eine Wut im Bauch. Quatsch, schwimmen gehen! Dem wird sie was pusten! Sie kassierte mit solch einer verbitterten Miene die paar Mark für die Strumpfhosen, daß dem Mörder, der ja eigentlich einiges gewohnt war, in bezug auf Abneigung, die ihm ja bei jedem Mord erstmal entgegenschlägt, das Herz fast in die Hose rutschte. Und das will was heißen. Er ging mit einem merkwürdigen Gefühl aus dem Laden raus, das Gefühl, daß ihm jemand ebenbürtig war in Brutalität. Er dachte über sein Tun nach. Warum waren die Leute, mit denen er in Kontakt kam, zum Zeitpunkt seiner größten Lust eigentlich immer so unfreundlich zu ihm? Sie mußten ja nicht unbedingt Freude haben an ihrer Metzelung, aber ein bißchen Nettigkeit kann man ja wohl verlangen. Mit diesen ersten Anzeichen von Unmut trat der Mörder seine Straßenbahnreise zu seinem nächsten Mord an. Heute wird er wohl richtig die Sau rauslassen. Er ist jetzt auch sauer. Sauer auf die ganze Welt, die erst solche Leute wie ihn begünstigt. Ein bißchen mehr Freundlichkeit, und er würde seine Morde nicht so schlecht finden, so aber bekommt er ein schlechtes Gewissen. Und das kann er nicht haben. Er will es aber auch nicht verstehen, daß die anderen sich so blöd anstellen. Immer geht er nach denselben Strickmustern vor, und immer hat er denselben Erfolg. Liegt es vielleicht an seinem sympathischen Äußeren? Er besieht sich im Vorbeigehen in einer Schaufensterscheibe und bemerkt die vielen Pusteln und Aknenarben in seinem Gesicht. Er verzerrt es regelrecht jetzt, bald wird er morden! Er wird aufs äußerste provoziert! Heute soll sein Meisterstück vollbracht werden.

Kommissar Schneider liegt am Strand und läßt sich die Sonne auf den Pelz brennen. Im Wasser plantschen Erwachsene und Kinder gemeinsam. Was für tolle Ferien! Und das stimmt gar nicht! Es ist nur ein Gedanke des Kommissars, in Wirklichkeit sitzt er an seinem Schreibtisch und beguckt sich seit einem halben Tag die Fingernägel. Man sollte mal mit einer Nagelschere daran rumfuhrwerken. Da geht die Tür auf, und herein kommt doch tatsächlich eine ganze Familie. Der Vater, die Mutter und zwei Kinder in einem bestimmten Alter. Sie haben alle etwas Angstvolles im Gesicht. Was wollen sie hier beim Kommissar? »Wer hat Sie mir empfohlen, wenn ich mal fragen darf?« Der Kommissar ist reserviert. Das hat er noch nicht erlebt, daß einfach Leute reinkommen, die gar nicht angemeldet sind! »Wir sind eine Familie, die auf dem Markt Kleinkram verkauft! Und deshalb halten wir auch die Augen immer offen! Und wissen Sie was, Herr Kommissar? Wir wissen, wer der Mann ist, der mit Strumpfhosen Leute abmurkst! Was sagen Sie nun?« Der Kommissar tut so, als wolle er der Sache nicht so viel Bedeutung beimessen. »Ach ja? Welcher Mörder, was sagten Sie noch, ein Mann, der mit Strumpfhosen Leute umbringt? Ach ja, ich weiß, wir suchen zufällig so einen. Aber das ist dann wohl jemand anders. Denn unser Täter würde sich kaum von so Typen, wie ihr es seid, verpfeifen lassen. Kommen Sie wieder, wenn er einen von Ihnen umgebracht hat, das ist dann auch ein Ausgangspunkt für unsere Ermittlungen. Auf Wiedersehen.« Die Familie ist verständlicherweise über die Art des Kommissars empört. »Hören Sie, was sind Sie eingebildet, Herr Kommissar! Dann gehen wir eben woanders hin! Kommt, Kinder! Der Onkel ist scheiße.« Das hätte der Mann nicht sagen sollen. Die Familie bekommt ihn nachher mit nach Hause, in einer Plastiktüte. Das einzige, was noch zu erkennen ist von ihm, ist sein Toupet, es ragt aus der Tüte. Kommissar Schneider hat es, um der Familie nicht ganz so weh zu tun, noch oben reingesteckt. Kleine Blutströpfchen sickern aus dem äußersten Eckchen der Tüte. Die Kinder weinen. »Aber wer wird denn da weinen, Kinder? Hier, noch für jeden ein Dauerlutscher für auf den Nachhauseweg! Hier.« Die Kinder nehmen von Kommissar Schneider einen Dauerlutscher in Empfang und hören auf zu weinen. Die Mutter ist dem freundlichen Kommissar dankbar. »Ich werde schon einen neuen Mann finden, Herr Kommissar, und danke, daß sie ihn mir so schön zusammengefaltet haben! Irgendwann wäre er sowieso gestorben, nicht wahr?« – »Tja, das stimmt, hahaha! Also, viel Glück, auf Wiedersehen!« Der Kommissar ist wirklich sehr freundlich. Im Polizeiflur schmeißt die Frau die Tüte in einen Abfallkorb.

Das nasse Pflaster unter der Straßenlaterne färbt sich hellbraun. Es ist der Schatten einer Strumpfhose, die hier dafür sorgt, daß ein bißchen Farbe in die Stadt kommt. Sie hängt lose aus der Manteltasche eines uns schon sehr bekannten Mannes. Die Schritte des Mannes wirken ungerade, denn er hat Schwierigkeiten mit einem Arm, der etwas anders ist, als der andere Arm. Genau weiß man es aber nicht, ist es vielleicht ein Kunstarm? Daher geht der Mann nicht direkt geradeaus, sondern holt immer seinen Körper etwas nach. Sein Gesicht ist von Pockennarben regelrecht übersät! Man könnte meinen, es wäre der pockennarbige Strumpfhosenmörder. Aber dafür ist er nicht brutal genug. Denn er hat unter seinem Mantel ein Kinderbuch versteckt. Ein Mörder mit einem Kinderbuch? Das ist doch wohl abwegig. Oder war es, weil der Mann eventuell etwas mit Kindern in Vorbereitung hat, vielleicht ein Kindermord? Würde er dann dem Kind vorher das schöne Büchlein zeigen und es ihm sogar vorlesen und die Bilder zeigen? Kaum zu glauben, daß sich jemand solche Mühe macht. Nein, dieser Mann hat etwas noch ganz anderes vor! Er will harmlos auf Erwachsene wirken, deshalb holt er kurz vor dem Mord schnell das Kinderbuch raus und sagt: »Ein Kinderbuch! Ich lese darin, wie finden Sie das? Ich bin schon auf Seite drei! Ich will mal was vorlesen, wollen Sie zuhören?« Wenn dann der Erwachsene, natürlich aus Mitleid, den Kopf zum Zuhören etwas nach links oder rechts neigt, wirft der pockennarbige Strumpfhosenmörder schnell die olle Strumpfhose über seinen Hals und zieht feste, feste zu! Der Trick ist neu. So kann der Mörder seine Opfer noch vor der Tat persönlich ansprechen und hat dadurch ein tolles Gefühl. Seine Opfer sind dann nämlich Bekannte. »Ich metzel ausschließlich Leute, die ich kenne.« Das hatte er im Hausflur einer Frau gesagt, die wissen wollte, ob er, wenn er zur Arbeit geht, immer Leute umlegt, die er nicht kennt. Sie hatte nämlich Angst vor ihm, weil er ihr gebeichtet hatte, daß er der Mörder mit der Strumpfhose ist. Ihr ist es aufgefallen, weil sie seine Wäsche in der Waschküche mitwäscht, es ist ja nicht so viel.

Und da waren fast ausschließlich Strumpfhosen bei! Jetzt bekam sie Muffensausen vor ihm allmählich. Ein gefährlicher Nachbar!

Kommissar Schneider schlägt die Zeitung um halb sechs Uhr morgens auf. Die Überschrift knallt ihm ins Gesicht: »STRUMPFHOSENFETZEN RETTEN IHR DAS LEBEN!« Doch der Artikel erweist sich als Windei. Er handelte von einer Diphenbachia-Art, einer Pflanze, die in Töpfen Schwierigkeiten hat, in einem normalen Haushalt zu existieren, vor allem, wenn zuviel Licht vorhanden ist. Deshalb nimmt man Strumpfhosenfetzen zur Aufbereitung der Blumenerde, das macht sie flockiger. Somit ist der Wasserhaushalt geregelter. Die Tasse Kaffee schmeckt wieder richtig scheiße. Der Kommissar hat selbst Kaffee gekocht. »Ursula! Der Kaffee ist fertig! Raus aus den Federn! Komm, probieren!« Die Frau Kommissar kriecht schlaftrunken aus dem Bett. Ihre Haare sind total zerwüstet. Im Traum ist sie von ihrem Mann auf den Mond geschossen worden, und zwar ohne Sauerstoffmaske!
»Bah! Das schmeckt ja schauerlich! Ekelhaft, der Kaffee!« Sie spuckt den schwarzen Kaffee gegen die Küchenzeile. Doch der Kommissar hatte damit gerechnet, deshalb hatte er heute morgen die Küchenzeile mit Plastikfolie abgedeckt. Jetzt konnte er sie wieder entfernen. Er war glücklich über seine außerordentliche Kombinationsgabe. Jetzt konnte er den Fall sicherlich lösen. »Ursula, schmier mir Brote, ich muß zur Arbeit. Dalli, dalli!« Mit schicken Butterbroten

ausgestattet rastete er den Gang in seinen Sportwagen und jettete zum Polizeipräsidium.

Die Alarmglocke im Polizeipräsidium macht Kommissar Schneiders kurzen Vormittagsschlaf in Sekundenschnelle zunichte. Was war los? Kommissar Schneider riß es aus dem Sessel. Noch ehe er die Augen ganz geöffnet hatte, flog er zur Tür heraus, bewaffnet mit einer 45er. Im Gehen schnell den Mantel über. Da kam auch schon der Polizeipräsident über den Flur geschossen. »Herr Oberkommissar! Ein Tripel-Mord! Hören Sie, drei Opfer in der Einkaufspassage! Ich komme diesmal selbst mit!« Kommissar Schneider konnte sich jetzt nicht soviel darunter vorstellen. Nur schnell keine Zeit verlieren. Vielleicht war noch etwas zu retten. Eine klitzekleine Spur, ein Haar oder eine Atemprobe auf dem Asphalt. Sie saßen in seinem Sportrenner, und er kostete die PS voll aus. Man flog förmlich zu der Einkaufspassage. Die Passage war von außen sehr schäbig anzusehen. Wer sich hierhintraut zum Einkaufen, war von vorneherein verloren. Die Pfeiler an dem großen Eingang waren von Hunden und Menschen vollgepißt von unten bis oben, und das Licht, das Licht war dermaßen angsteinflößend, daß die Leute schon von selbst nach 17 Uhr nicht mehr hierhinfanden.
Die einzelnen Geschäfte innen waren von vornherein zum Ruin verurteilt. Ein Zigarrenladen, in dem es aber nur noch Waffen zu kaufen gab, eine Drogerie, die mehr mit Unterhemden handelte, ein Kaffee-Shop, in

dem es wirklich alles gab, was das Herz begehrt, nur in minderwertiger Qualität, aber kaum Kaffee. Da war ein Friseur, auf dessen Sessel schon seit Jahren kein Haarschnitt mehr gemacht worden war, der Laden diente offensichtlich ausschließlich zum Geldwaschen einer Großorganisation, vielleicht Drogen, vielleicht Mädchenhandel. Der Kommissar ermittelte sehr gerne in solchem Ambiente, jedoch hier war es auch ihm zu gefährlich. Sie stießen immer tiefer in die Katakomben der Verkaufspassage vor. Jetzt kam sogar ein Spielzeugladen, im Halbdunkeln erfüllte er auf keinen Fall die notwendige Norm, um Kinder und ihre Eltern in das Gewölbe zu locken, ja die Fensterdekoration war solchermaßen beschissen, nur Plastikpuppen mit unwirklichen Figuren und tonnenweise Haute Couture für diese, dazwischen die obligatorischen Waffenarsenale, man bekam alles, vom NS-Soldaten über die neue amerikanische Wunderwaffe, den Stealth-Bomber, bis hin zu echten Morgensternen und Totschlägern, kleine mit Sand gefüllte Ledersäckchen an einem Kunststoffstiel. Und jede Menge Tränengas. Aber dasselbe gab es ja schon alles vorne im Zigarrenladen. Und auch im Kaffee-Shop waren diese Dinge, allerdings noch armseliger, erhältlich. Merkwürdigerweise hielten sich diese Ladenketten in allen Städten des Landes. Es war also Bedarf da. Der Kommissar hielt den Polizeipräsidenten am Arm fest. Hinter ihm die normalen Polizisten. Der Kommissar hielt an. »Herr Polizeipräsident, ich will ab hier allein in die Höhlen eindringen. Ich habe eine Idee. Halten Sie Ihre Polizisten zurück. Ich melde mich über Funk. Ich habe heute gut gefrühstückt!« Und dann ging er mit geduckter Haltung nach vorne. Die anderen warteten auf Nachricht. Der Kommissar blieb lange Zeit verschwunden.

Als er sich durch die hohlen Gänge voranbewegte, hörte er ein kurzes Jaulen ums Eck. Da mußte ein Hund sein und Wache schieben oder so. Als er um die nächste Ecke kroch, sah er das Tier. Ein runtergekommener Dobermannrüde hockte mit bleckenden Zähnen vor drei Leichen, die sich vor ein Geschäft mit Sporthemden hingelegt hatten. Für den Kommissar kein großes Kunststück, den Rüden zu verscheuchen. Das heißt, das dachte er! Der Kommissar hielt seinen Mantel auf und stürmte kläffend auf den Dobermannrüden zu, in der Hoffnung, dieser würde Angst bekommen. Aber der Hund bewegte sich nicht von der Stelle, statt dessen bleckten seine scharfen Zähne hoch in die Luft. Er hielt nichts von der Idee, die Toten begutachten zu lassen von einem fremden Kommissar. Der Kommissar zückte seinen Ausweis und übergab ihn dem Tier zur Beachtung. Der Dobermann tat so, als könne er lesen. Dann stand er auf, wedelte kurz mit seinem Stummel und gab den Weg frei für den Kommissar. Dieser nahm seinen Ausweis wieder an sich und begann, die Toten zu untersuchen. Hier war etwas Schreckliches geschehen. Die drei waren gleichzeitig mit nur einer einzigen Strumpfhose erwürgt worden. Das sah der Kommissar Schneider mit einem Blick von der Seite. Die Strumpfhose lag noch da. Bis jetzt konnte keiner an die Toten ran, da der verbissene Köter da dran wachte. Kommissar Schneider nahm die Strumpfhose auf und roch mit verbogener Nase an ihr, ganz kurz. Das reichte, um ihn in einen Zustand der äußersten Abneigung gegen diesen Gegenstand zu bringen. »Pfui!« entfuhr es dem wackeren Kriminalisten. Er steckte trotzdem das Indiz in den Mantel und schmiß den einen Toten mit dem Fuß auf die Seite. Aha! Der unbekannte Tote hatte hinten auf der Jacke eine Inschrift. »NOLI ME TANGERE-CLUB«, darunter stand noch ein Städtename, den ich aber hier aus Gründen der Verunglimpfung nicht nennen darf. Dem Kommissar Schneider schoß ein unheimlicher Gedanke durch den Kopf: Was wäre, wenn dieser Club eine Farce wäre, wenn der Mörder ihn sich ausgedacht hätte und die Opferjacken selbst nach dem Mord bestickt hätte? Eigentlich eine unmögliche Aufgabe für solch einen Mann. Man muß bedenken, ein Mörder muß auch schnell verduften können, sollte da eine derartige Kunststickarbeit nicht doch zu aufwendig sein? Der Kommissar dachte genau darüber nach, und seine Meinung darüber blieb geteilt. Auf der einen Seite mußte er alles für möglich halten, andererseits war er auch Realist. Doch die Überlegungen wurden jäh gestört durch den ersten Polizisten, der um die Ecke kam. »Herr Kommissar! Da vorne ist was!« Er zeigte auf einen Schatten. Kommissar Schneider, der nicht sogleich reagiert hatte, verpaßte diesen Schatten um Haaresbreite. Er packte zu spät zu und erwischte nur noch ein Stück hartfaserigen Mantel. Was für ein Mißgeschick! Der Mörder war noch dagewesen, und der Kommissar Schneider hatte ihn nicht gerochen! Dabei entströmte dem Kerl eine unweigerlich auf sich aufmerksam machende Parfummischung! Ein liebliches

Parfüm, sonst nur von Damen benutzt! Der Pockennarbige schmierte sich damit üblicherweise ein, um keinen Argwohn zu wecken. Aber das konnte Kommissar Schneider noch nicht wissen, es kam erst bei den nun erfolgenden Tatortuntersuchungen heraus. Damit wurde sofort begonnen. Kommissar Schneider stand daneben und raufte sich die Haare. Einen Mörder entwischen lassen! Das war zuviel für seine Psyche. Er, der er im Polizeidienst war und für die Sicherheit von Abertausenden Einwohnern seinen Beruf ausübte. Welch eine Schmach! Der Kommissar haute sich selbst immer wieder mit verbogenem Rücken in die Oberschenkel. Die drei Leichen wurden weggeschafft, und der Arzt, der sie zum Sezieren bereitlegte in seinem Hause, machte die bereits vermutete Entdeckung, daß es sich um Tod durch Erwürgen handelte. In allen drei Fällen. Was mußte der Täter für eine Kraft haben! Der Kommissar ging gebeugt von seinen Fausthieben auf die Schenkel nach Hause. Mickerige Tränchen wollten nicht so recht aus seinen Tränensäcken kullern, er konnte kaum noch weinen, dafür war die Sache zu hart. Als er nach Hause kam, machte seine Frau die Tür auf mit den Worten: »Wir kaufen nichts an der Tür!« Kommissar Schneider tat so, als würde er lächeln über diesen Scherz, aber er hatte ihn schon so oft gehört. Die Frau Kommissar gab ihm ein Butterbrot, daß er es äße. Er verschwand jedoch sofort im Gartenhaus damit. Dort aß er ohne Aufsicht. Er hatte das Gefühl, sie wolle ihm nachspionieren, deshalb versteckte er sich kurze Zeit hinter der Gardine und wartete ab, was passiert. Und siehe da, die Frau des Kommissars schlich ums Gartenhaus herum!

Die eigene Frau! Ein Spion! Schneider riß seine Pistole aus dem Halfter und sprang in einem Riesensatz durch die billige Holzverkleidung des Häuschens! »Hab ich dich erwischt! Hände hoch!« Seine Frau riß vor Schreck wirklich die Hände hoch, dann beruhigte sie ihn. »Ich guck nur nach den Tomaten, ob die schon reif sind.« Dabei versuchte sie, seine Oberschenkel zu erkennen. Sie knickte sich den Hals fast ab. Der Kommissar aber verhinderte mit einer unglaublichen Gelenkigkeit, daß sie seine durch die Schläge dick aufgequollenen Schenkel sähe. Er schattierte sie mit seinen Bewegungen. Doch als er gebückt in das Gartenhaus kroch, das nur noch aus drei Wänden bestand, sah sie die grauenvoll verdickten Beine. Sie fuhr zusammen. So etwas hatte sie noch niemals gesehen. Sollte sie heute nacht damit während des G.V.s konfrontiert werden? Wollte der Kommissar es deshalb geheimhalten, weil es eine Überraschung sein sollte? Wenn dem aber so sei, wie würde es vonstatten gehen? Sie machte sich ein bißchen Sorgen, als sie in Richtung Schlafzimmer abtrabte. Aber auch der Kommissar hatte Sorgen. Würde er jemals wieder, ohne erkannt zu werden ermitteln können? So langsam wurden seine dicken Oberschenkel zum Problem. Wie würde es bei Verhören sein, wo man sich doch immer so souverän auf die Schreibtischkante setzen muß, um dem Opfer zu imponieren. Das könnte er dann nicht so machen. Wenn seine Schenkel so bleiben sollten, so, wie er sie sich selbst dick gehauen hatte, würde es huckelige Beulen in seiner Hose geben, ja, seine Hose könnte bei dem Versuch, sich auf den Schreibtisch zu plazieren, platzen. Eigentlich hatte er sich auf zu

Hause gefreut. Aber so? Hautnah war er dem Mörder mit der Strumpfhose gewesen. Und dann? Das absolute Versagen! Die Tatsache, daß er dem jungen Polizisten, der ihn auf den Pockennarbigen aufmerksam gemacht hatte, nachträglich die Leviten lesen könnte, machte ihn auch nicht glücklich. Er dachte an Selbstmord. Las schon die Anzeige: »NACHRUF! . . . verstarb unser guter alter, menschenfreundlicher Kommissar Schneider an den Folgen einer totalen Verstümmelung seiner Selbst. Er konnte nichts dafür. Seine Hände griffen zu einem Schlachtmesser und machten aus ihm Koteletts. Obwohl er sich wehren wollte innerlich, hatte das Äußere die Oberhand. Qualvoll, qualvoll, so endete ein unglaublich erfolgreiches Kommissarsleben. Er hatte im Gartenhaus gesessen mit den drei Wänden, und da ging es los. Das Blut spritzte und versteckte Schreie durchdrangen den Nachmittag. Leidtragend und ohne Hoffnung vergab Kommissar Schneider an sich selbst eine schlimme Strafe. Die Strafe Nummer eins: Zerhacken von sich. Er erlitt große Schmerzen. Nach langer, unbeholfener Tat ging er nun von uns. Es lebe Kommissar Schneider weiter in seiner Vergangenheit als Superkommissar.«
Der Kommissar Schneider suchte eine Art Messer in dem kleinen Kinderschreibtisch, den er mit ins Gartenhaus genommen hatte. Der Schreibtisch war der erste seiner Tochter gewesen, noch bevor sie dieses Jungmädchenzimmer von Flötotto bekam. Als er den kleinen Schreibtisch da vor sich stehen sah, bekam Kommissar Schneider dicke Krokodilstränen im Gesicht. So sollte man ihn niemals sehen! Da nahm er den alten Pinsel, der noch von den letzten Ausbesserungsarbei-

ten an der Hausfassade in einer Terpentinbüchse stand, und rammte ihn sich immer und immer wieder ins Herz. Der Holzstiel machte nach einiger Zeit eine dicke Beule. Dann splitterte er. Kommissar Schneider verlor alle Kraft und sank erschöpft zu Boden. Tot.

». . . beginne ich nun, über dem Toten das Säckchen Erde zu leeren. Hier, gib mal her. Ja, den kleineren da. Und nun, meine liebe Trauergemeinde, entleere ich das Säcklein Erde. Es bedeutet, daß Kommissar Schneider für immer von uns geht und die Erde mitnimmt, um sich in der neuen Umgebung schon mal ein kleines Gärtchen zu basteln. Mit unserer Erde hier vom Friedhof. Das ist üblich.« Der Pastor trägt einen schönen Rock aus schwarzgefärbten Hühnerfedern. Er hat dieses Kleid aus der Boutique an der Ecke. Auf dem Kopf trägt er nichts, es soll soviel bedeuten wie: Hier! Mein Kopf! Er soll ein Landeplatz sein für gute Gedanken. Doch als eine Taube, die gerade über die Gesellschaft drüber wegschießt, was fallen läßt, weiß jeder, was damit gemeint ist, Landeplatz. »Landeplatz für Taubenkacke!« entfährt es folglich dem Herrn Pastor, als er es bemerkt. Er ist sauer: »Wenn Ihr wollt, mach ich jetzt die Beerdigung schnell zu Ende, ich hab keinen Bock mehr, Leute!« Schnell löst sich die kleine Gesellschaft auf, nachdem das Totenamt vollbracht wurde. Der Polizeipräsident nimmt sich die Frau Kommissar Schneider untergehakt.
»Machen Sie sich keine Vorwürfe, das konnte nicht gutgehen. Der Mann war immer schon irgendwie komisch.«

»Stimmt. Und das sage ich, obwohl ich seine Frau bin.«

»War, Frau Exkommissar, war!«

Der Verwesungsgeruch drang tief durch alle Erdschichten. Die Würmer erlabten sich daran, als wäre es eine Delikatesse. Der Friedhof war unter der Erde ein Paradies für allerlei Getier. Durch Erosion begann auch das Grab des Kommissar Schneider sich zu verändern. Bereits am ersten Tag regnete es derart, daß die Blumen, die man ihm hingelegt hatte, wegschwammen. Eine alte, hungrige Bisamratte näherte sich aus dem nahegelegenen Stadtteich. Sie witterte eine absolute Rarität. Einen Menschen, der anscheinend unterhalb der Erdoberfläche atmete.

So etwas hatte sie noch nie gerochen. Schnell huschte sie vor den großen Papierkorb, der in unmittelbarer Nähe des Grabes von Kommissar Schneider stand. War da nicht ein Geräusch gewesen? Sie versteckte sich und traute sich kaum zu atmen. Da! Da war es wieder. Eine Art Stöhnen.

Was nun geschah, steht in keiner Zeitung. Aus dem Papierkorb drang es als Arm heraus. An dem Arm direkt angeschlossen war ein Gummischlauch, der in der Erde steckte. Die Erde war an dieser Stelle etwas aufgerauht. Und wenn man etwas tiefer graben würde, käme man mit dem Schrecken davon. Es hat sich nämlich was ungewöhnlich Grausames ereignet mit dem Kommissar Schneider: Er trieb Ableger! Das ist deshalb so schlimm, weil Kommissar Schneider Schmer-

SCHALK GOLOD
KOWSKY-
Unternehmen
HIER RUHT
IN FRIEDE
FR. FLICK.

zen ertragen muß dabei, die auf keine Kuhhaut gehen. Er stöhnt und stöhnt. Seine untere Körperhälfte hatte bereits Wurzeln geschlagen. So etwas Furchtbares gibt es eigentlich kaum auf der Welt. Die Wurzelenden suchten im lehmigen Unterboden nach Wasser. Es schmerzte Kommissar Schneider jede einzelne Wurzel, die noch kein Wasser hatte. Hauchdünn legte sein Kapilarsystem die Fädchen zurecht, mit der es von oben Luft herbeisehnte. Die Erde war hier auf dem Friedhof allerdings sehr gut durchlüftet, das war schon mal ein Vorteil für den Kriminalisten! Tief sogen seine Blattstiele die herrliche Friedhofsluft ein. Die Ratte nagte an einem seiner Ästchen, sie vermutete eine Art fleischernes Lebewesen als Halter dieser Äste. Kommissar Schneiders Gehirn arbeitete durchaus normal. Er wußte, er war halb zur Pflanze mutiert! Eine Unverschämtheit! Erst wollen die Unmengen Steuern von einem, und dann kann man als Pflanze auf dem Friedhof dahinvegetieren! Kommissar Schneider war dermaßen sauer über seinen undeutlichen Zustand, daß er frech wie Harry wurde. Er würde sofort Leuten an die Jacke gehen! Und da kam schon jemand! Haha! Nichts einfacher, als dieser Oma, die ursprünglich ihrem Mann ein paar verwelkte Nelken aufs Grab stellen wollte – sie mochte ihn nicht, als er noch lebte, aber jetzt hatte sie mit ihm ein Verhältnis –, mit einem lang ausgestreckten Ast, es handelt sich übrigens um eine Rhododendronart, einmal kurz um die Beine zu streichen! Die Oma fiel fast aus den Socken! Was hat die sich erschrocken! Doch Kommissar Schneider wollte eigentlich nicht, daß sie jetzt da auf dem Erdweg liegt und aufhört zu atmen! Um sie wieder zum

Leben zu erwecken, versucht er es jetzt mit einer Spezialität: er reißt das einzige Körperteil wild hoch aus dem Sarg, daß ihm als Mensch noch verblieben ist, nämlich sein linkes Bein, und tritt der Oma von unten durch die Erde mit voller Kraft so dermaßen hart in ihr Wadenbein, daß es furchtbar kracht und die Oma wild gestikulierend aus ihrem Todesschlaf geweckt wird. Ja, sie wacht vor Schmerzen auf, ihr armes Wadenbein ist glatt durchgebrochen von der Wucht des Trittes des Kommissars. Sie ist empört und sucht einen Schuldigen, denn das ist ja wohl nicht von selbst passiert. Oder etwa doch? Denn es ist keiner zu sehen! Die Oma ruft nach irgendwelchen Leuten. »Hilfe! Hilfe! Ich bin von unten getreten worden! So helft!« Und da kommt der Friedhofsgärtner angerannt. Er kann für die Oma erstmal nichts tun. Außer, daß er einen alten Lappen um ihr Bein windet. Jetzt blutet es nicht mehr so stark. Die Ratte nutzt die Gelegenheit, als der Friedhofsgärtner wegrennt, um Hilfe zu holen, der Oma an der offenen Wunde zu lecken und sie, weil es mit dem Hilfeholen so lange dauert, dann ganz aufzufressen, mitsamt ihren Nelken, die sie immer noch in der Hand hält. Als endlich Helfer kommen, ist die Ratte im Gebüsch mit ihrem dicken Bauch, wo die Oma drin ist, und keine Oma ist auf dem Weg zu sehen. »Da muß die wieder weggegangen sein, dann war das wohl nicht so schlimm. Na ja!«

Das Morgengrauen führte auch ein anderes Grauen mit sich: Schleim kam aus dem Grab des Kommissars.

Ein Geruch, der nicht zu beschreiben ist. Die Nacht hatte sich spontan zu einem Schreckgespinst gewandelt. Leutseligkeit gab es hier auf dem Friedhof nicht. Alleingelassen waren die Geister, unter ihnen schnabulierte ein gewisser Kommissar Schneider an einer Erdflüssigkeit mit seinen Tentakeln, seinen Wurzeln. Der weiße Kies, der zwischen seinem linken Bein und den Hauptwurzeln lag, darüber die Lehmschicht, das war jetzt sein Zuhause. Mit seinem Haupt war nicht viel los, es gehörte fast ausschließlich zu einem etwas dicklichen Rhododendronstamm. Darüber kamen die Äste aus der Erde. Ein Ast jedoch war teilweise Arm geblieben, mit Hand. Die rechte Hand. Im Klartext: Kommissar Schneider bestand nun aus folgenden verschiedenen Körper- und Pflanzenteilen: linkes Bein mit Fuß, Bauch, Rücken, rechter Arm mit dazugehöriger Hand, Kopf (halb!) und natürlich die Anziehsachen, die aber bald vermoderten. Der Rest war Pflanze, ein Rhododendron. Wie soll er da ermitteln? Der Mörder mit der Strumpfhose, wer soll ihn dingfest machen! Kommissar Schneiders Gedanken überschlugen sich. Bis jetzt hatte er immer auch aus der hoffnungslosesten Situation entfliehen können. Aber hier? War er nicht zu weit deformiert? Er schüttelte sich ein wenig im Wind. Der Morgen kam mit einem stürmischen Hoch daher. Er war müde. Die ganze Nacht hatte er nicht geschlafen, sondern immer wieder versucht, aus der Erde zu steigen. Es war ihm nicht gelungen. Zwischendurch hatte er Ärger gehabt mit einer Kröte, die partout nicht von ihm weggehen wollte. Die Kröte machte einen unheimlichen Lärm, es war Paarungszeit, und hier sollte der Bräutigam angelockt werden.

Der Kommissar schlug schließlich mit der Hand einmal kräftig zu, die Kröte bekam einen Schrecken und haute endlich ab. Jetzt war es bald soweit, daß die ersten Friedhofsbesucher eintreffen sollten. Ausgerechnet heute war Sonntag. Die Leute machten sich besonders chic an solch einem Sonntag, wenn sie auf den Friedhof gingen. Kommissar Schneider hatte nur sein Totenhemd. Wenn er es schaffen würde, irgendwie aus dem Grab zu kommen, würde er den Leuten einen tollen Schrecken einjagen!

Da kam schon die erste Oma, die ihren Mann besuchen wollte, er war tot und lag seit ein paar Jahren hier vergraben. Die Oma nahm ihre Gießkanne und holte sich Wasser aus dem Wasserhahn, der an dem Komposthaufen steht. Die staunte nicht schlecht, als plötzlich ein merkwürdig geformter Mann, der eigentlich auch ein Gebüsch sein konnte, hinter ihr stand und ihr mit verstellter Stimme einen guten Morgen wünschte. »Guten Morgen, Mütterchen! So früh schon auf den Beinen?« – »Ja! Ich will mal eben die Blumen gießen! Hahahahaha!« Sie lachte laut, die Eichhörnchen hielten sich die Ohren zu, denn es war noch zu früh, daß sie sich über den Lärm gefreut hätten. »Entschuldigen Sie, Mütterchen, Sie müssen mir helfen! Sind Sie guten Mutes?« Die Oma wußte nicht, was das zu bedeuten hat. »Was ist denn? Natürlich hab ich gute Laune!« – »Ach bitte, junge Frau, dann schneiden Sie mir doch die Äste kurz hier an der Seite, ich kann dann besser gehen! Und hier am Hals, der dicke Ast, den können Sie ganz abmachen.« Die Oma war mit allen Wassern gewaschen. Sie nahm die Heckenschere, die ihr der Kommissar reichte, und schnitt, ohne zu zögern, drauflos. Nach kurzer Zeit sah der Kommissar Schneider aus wie ein Pudel, der gerade getrimmt worden war. »Vielen herzlich Dank! Auf Wiedersehen!« Dann schleifte sich der Kommissar durchs Gebüsch in den hinteren Friedhofsabschnitt zu den Urnengräbern. Er war total erschöpft, die körperliche Anstrengung heute morgen, als er aus dem Grab gestiegen war, und das Sich daherschleifen auf den Friedhofswegen hatte ihn die letzte Kraft gekostet. Er legte sich auf den feuchten Waldboden nieder. Jetzt ein kühles Bier! Und eine Zigarette! Das hatte er schon lange nicht mehr genossen. Und die sonstigen Annehmlichkeiten des Lebens als Kommissar? Er überlegte lange hin und her, was war positiv an seiner Laufbahn! Eigentlich fast alles, es war DER Traumberuf für ihn. Er träumte davon, wieder Erfolg zu haben, und das würde ihm auch gelingen. Der Mörder mit der Strumpfhose. Wie lange noch? Wann würde er zuschlagen? Der Fall hatte es in sich. Vor allem, weil er so einfach und blöde war. Da tötet einer mit Strumpfhosen Männer und Frauen. Während er so dalag, wuchs er wieder fest. Es wird ihn wieder große Anstrengung kosten, sich loszureißen von der obersten Erdschicht.

Auf der großen Straßenkreuzung in der Innenstadt stand eine herrenlose Limousine. Die Reifen waren aufgeschlitzt, und Benzin tropfte aus der Leitung auf die Straße. Und auch die Windschutzscheibe war gesplittert, es war noch früh am Tag, und bis jetzt war das Wrack noch nicht entdeckt worden. Doch nun kümmerte sich ein Polizist um den Wagen. Er stieg von seinem Motorrad und ging auf das Auto zu. Als er ganz nah am Rückfenster vorbeistrich, platzte aus heiterem Himmel die Scheibe, und eine Hand schoß heraus, mit einer Strumpfhose bewaffnet! Dann folgte die andere Hand, und dem Polizisten kam es einen Moment lang vor, als wäre diese aus Plastik, und half der andern Hand, die Strumpfhose in Windeseile um den Hals des Polizisten zu schlingen. Das Sterben begann für den armen Knilch mit einem sturen Blick, in den er sehen mußte. Der Blick verhieß nichts Gutes! Es war das pockennarbige Gesicht des Strumpfhosenmörders, der Polizist wußte es, obwohl es bis dato noch nicht bekannt war. Der Strumpfhosenmörder zog mit aller Kraft an den Enden seiner Waffe. Röchelnd gab der Polizist ein Zeichen, er solle doch aufhören. Jetzt erst recht, dachte sich Strumpfhöschen und machte Schluß mit dem Tölpel. Dann zerrte er den Leichnam in den Wagen und fuhr mit laut schlappenden Reifen los. Kein Zeuge dachte an etwas Außergewöhnliches, die Szene war von etlichen Leuten gesehen worden. Sie dachten, hier wird ein Film gedreht. An einer Straßenbucht hielt der Mörder an. Er zog sich nackt aus und riß dem Polizisten die Klamotten vom Leib, um sie sich selbst anzuziehen. Nach beendigter Arbeit legte er einen dicken Ziegelstein aufs Gaspedal und ließ den Wagen mit Vollgas vor eine Betonmauer rasen. Eine zehn Meter hohe Stichflamme sorgte dafür, daß der

Polizist bis zur Unkenntlichkeit schmolz. Der Mörder schmiß wie zufällig im Vorbeigehen seinen Ausweis in das brennende Autowrack und seine Uhr. Das mußte ja wohl reichen zu Irreführung, es war ja immerhin sein Name in der Uhr eingraviert. Er rieb sich die Hände und rannte sofort los, um die Feuerwehr zu alarmieren, denn er war ja jetzt selbst ein Polizist.

Hohes Gras sprießt hinter Kommissar Schneiders Haus. Die Frau Kommissar sitzt an einem kleinen Gartentisch und liest die Stellenanzeigen. Das macht sie zum Vergnügen, sie stellt sich dann vor, dahin zu gehen und sich vorzustellen. Als sie die Zeilen immer weiter nach unten liest, fällt ihr etwas Merkwürdiges auf unten im Gras. Sie setzt ihre Lesebrille ab und guckt etwas tiefer dahin. Und was muß sie sehen? Einen verwesten Arm! »Ach, jetzt weiß ich, das ist bestimmt der Arm, der aus dem Kühlschrank abgehauen ist. Na, weit ist er ja nicht gekommen.« Dann vertieft sie sich wieder in ihrer Zeitung. Den alten Arm will sie später wegwischen, doch nachher vergißt sie es. Sie hat auch vergessen, daß ihr Mann gar nicht mehr da ist. Sie geht ins Wohnzimmer und ruft ihn. »Schatz?« und »Schatz? Komm mal! Guck mal, hier steht: ›Unbekannter fuhr in den Tod, war es der Serienmörder?‹ Du, die wollen von dem eine Fernsehserie drehen, glaub ich! Steht hier zumindest!« Dann dreht sie sich wieder weg und geht in den Garten.

Kommissar Schneider sitzt in der Straßenbahn auf dem Weg nach Hause. Er ist sehr auffällig gekleidet. Er verhüllt seinen Körper, der immer noch zur Hälfte aus Pflanzenteilen besteht, mit einem indischen Kaftan oder so etwas. Hellgrün mit orangenen Bommeln dran. Die Friedhofsgärtner haben ihm geholfen. Sie waren vollgetörnt mit Stoff, irgend so ein Haschkraut oder Rauschtee, beinahe wäre einer von ihnen auf den Horror gekommen wegen dem Kommissar, der auf dem Weg festgewachsen war. Mit Spaten haben sie ihn losgekratzt. Einer von ihnen war in ein Geschäft gerannt und hatte ihm das Outfit besorgt. Es stand ihm nicht schlecht, fanden die Gärtner. Der Kommissar Schneider hatte ihnen seine Identität erklärt und auch mittels Ausweis vorgewiesen. Sie fanden Spaß daran, einem Kriminalisten zu helfen und so vielleicht einmal in die Zeitung zu kommen. Die Straßenbahn bog in die Straße ein, wo das Polizeipräsidium war. Wie lange war er schon nicht mehr hier gewesen! An der Haltestelle vor der Polizei stieg er aus und begab sich, so schnell er konnte, in den Vorgarten des Präsidiums. Dort stellte er sich zwischen die anderen Sträucher. Er wollte mal gucken, wer heute zu spät zur Schicht kommt, und dann mit voller Härte zuschlagen und eventuell eine dienstliche Rüge loswerden über denjenigen! Mehrere normale Polizisten kamen und gingen, die Putzfrau reinigte wieder mal das Treppengeländer der großen Eingangstreppe, ein Mädchen kam mit seiner Mutter, es war wahrscheinlich vom Vater gehauen worden, denn es hatte ein blaues Auge, die Mutter trug einen senffarbenen Anorak. Es war 9 Uhr früh. Da bog ein Lastkraftwagen mit offener

hochgewachsene
brünette!

Ladefläche in die Straße ein. Vorne auf der Seitentür stand etwas: »Gartenbaubetrieb Spitzköter«. Auf der Ladefläche befanden sich mehrere Harken, Schaufeln, Spaten usw. Der Wagen hielt direkt vor dem Polizeipräsidium, mehrere Arbeiter in grünen Sachen sprangen heraus. »Herrmann! Hier! Ich fang hier vorne an! du da hinten! Nimm du den Holder!« und zu jemand anders: »Yilmaz! Los! Los! Los! Los! Looosss! Hau Rein! Die Schüppe!! Vorne! Scheppen! Komm! Du!« Der arme Gastarbeiter mußte die Schüppe in die Hand nehmen und sogar damit arbeiten. Aber er tat es gerne, für seine Familie, die im Ausland seit fast zwanzig Jahren auf ihn wartete. Ab und an brachte er, wenn er dort Urlaub machte, mal einen Kühlschrank, einen Resopal-Schuhschrank oder aber eine gesamte Rattanmöbel-Garnitur mit. Dafür wurde er gefeiert wie ein Olympiastar. Er hatte, trotzdem er hier von seinem Vorgesetzten oft Arbeit zugewiesen bekam, die fast so schlimm war wie die Arbeit für einen Lehrling, immer beste Laune. Denn er hatte eine Mitgliedskarte für einen Video-Verleih, so konnte er nach Feierabend immer etwas gucken. Silvester Stallone, Woopie Goldberg, Farah Farcette Majors, das waren die Favoriten, von Filmstars wie Götz George hielt er aus verständlichen Gründen nichts, die waren ihm nicht gut genug, zu übertrieben fleißig in ihrer Rollenausarbeitung, und zudem total spießig. Leute, die wie besessen auf einer Tischplatte rumhauen und dafür auch noch mit einem Preis geehrt werden, konnten ihm nicht imponieren. Ob Kommissar Schneider ihm imponieren konnte? Denn er ging mit seiner Schüppe direkt auf den Kommissar zu. Der Kommissar machte seine Augen ganz eng zu Schlitzen. Ob der Gartenarbeiter ihn einfach roden wollte? Der Arbeiter kam immer näher. »Chef! Hier, das Baum nix gut! Kaputtmach ich.« Und er hieb seine Schüppe unter die Füße des Kommissars. Womit er nicht gerechnet hatte: Der Kommissar bekam eine totale Wut, weil man ihn einfach kaputtmachen wollte! Mit der Aufbietung all seiner Kräfte entpuppte sich endlich auch das andere Bein, der Kommissar nahm Gestalt an und riß sich den Rhododendron vom Kopf, ja, bekam plötzlich Blut in die Adern und befreite sich von dem Joch, das ihm die Pflanze auferlegt hatte! Er wurde in Sekundenschnelle zu dem Kommissar, der er vorher immer schon gewesen war! »Hey, Bürschchen! Gib sofort die Schüppe her! Ich steh unter Naturschutz! Hahahaha!« Kommissar Schneider wußte wohl, was er für einen Eindruck auf den Mann machte. Doch so schlimm hatte er es sich nicht vorgestellt! Der Mann platzte vor Schreck seitlich ganz auf. Er brach zusammen. Einer der anderen Arbeiter kam angerannt, um ihm zu helfen, doch wagte er sich nicht weiter, als der Kommissar sich den Mantel von dem Friedhofsdreck abklopfte und einfach wegging. »Vergessen Sie nicht, hier noch einmal etwas Kompost unterzugraben, der Boden scheint mir sehr trocken.« Das waren die Worte eines Kommissars, der sich mit allem, aber auch wirklich allem total auskennt.

Ob Kommissar Schneider jetzt erst einmal ins Präsidium gehen soll? Soll er so tun, als wäre er nur kurz weggewesen? Ohne darüber nachzudenken, steuerte er seine Schritte in sein Büro. Keiner begegnete ihm auf dem Flur. Sein Büro war lange nicht benutzt worden. Es roch faulig nach altem Tabak und Müll. Schnell, das Fenster auf. Oder lieber doch nicht? Der Kommissar dachte, es muß ja nicht jeder wissen, daß er schon wieder da ist. Vielleicht wäre es gut, seine Anwesenheit noch etwas zu verschleiern. Er ging noch einmal zur Tür und lugte um die Ecke. Beinahe wäre er mit der brünetten, hochgewachsenen Frau karamboliert. »Oh, Entschuldigung.« – »Aber das macht doch nichts, Herr Kommissar. Kann ich reinkommen?« Der Kommissar gab ihr einen unmißverstehlichen Wink. Was nun kam, war schon lange fällig. Sie griff sofort an seine Hose und beförderte etwas an die stickige Büroluft, was ich hier nicht erwähnen darf.

Nach 14 Stunden ließ sie endlich von dem geschundenen Kommissar ab und ging zum nächsten Büro, wo sie aber keinen vorfand, denn es war längst Feierabend im Polizeipräsidium. Da dachte sie sich, och, geh ich doch noch mal zum Kommissar Schneider! Und tatsächlich, der Kommissar wollte gerade nach Hause gehen, da ging noch mal die Tür auf, und dasselbe Spiel begann von vorne. So kam es, daß der Kommissar Schneider am nächsten Morgen als erster im Büro war und anfangen konnte, den Fall Strumpfhose zu bearbeiten. Aber zunächst mal mußte er sich mit der Anzeige gegen diese Frau befassen, die ihn von der Arbeit abgehalten hat. Vielleicht bekam er recht und den Lohn für zwei Tage nachgezahlt. Er hatte sich heimlich ihren Ausweis unter den Nagel gerissen. Ihr Name war: Paula Martina Van der Felde. Da ging das Telefon. »Kommissar Schneider?« Seine Frau war am Apparat. Wo er denn sei. Und was er essen wolle heute mittag. »Ich komm heut nicht! Ich esse auswärts, wegen dem Fall! Ich muß total reinhauen, weil der Mörder immer noch nicht gefaßt ist! Tschüs!« Er legte auf und ging in die Kantine zum Frühstück. »Guten Morgen, Herr Oberkommissar!« – »Guten Morgen!« Der Polizeipräsident daselbst heute in der Kantine? Es mußte etwas Außergewöhnliches geschehen sein. Sie holten sich Kaffee und Gebäck. Dann setzten sich der Polizeipräsident und der Kommissar Schneider an einen Tisch. »Herr Oberkommissar, gut, daß Sie wieder da sind. Wir haben einen neuen Mann.« – »Und? Ist was mit ihm?« – »Ja, der Mann ist mir persönlich nicht geheuer. Er hat ein Gesicht, das mit Narben übersät ist, wie es sonst nur bei Kapitalverbrechern üblich ist. Was sagen Sie nun?« Der Kommissar konnte darauf nicht viel erwidern. »Tja, was soll ich sagen? Vielleicht ein Betrüger? Zeigen Sie mir den Mann doch mal, Herr Polizeipräsident.« – »Im Moment steht er dort in der Schlange, er will sich Kaffee holen! Da!« Der Polizeipräsident zeigt auf den pockennarbigen Mann. Kommissar Schneider meint, den Mann sogar zu kennen. »Ich kenne ihn! Ich weiß nicht, wo ich ihm schon einmal begegnet bin.« Die beiden Männer sitzen lange am Frühstückstisch und beobachten heimlich den Pockennarbigen. Dieser jedoch weiß, wie man sich in der Polizeikantine benimmt und läßt sich nicht anmerken, daß er eigentlich der Mörder mit der Strumpfhose ist. Er unterhält sich

KANTINE

mit einem anderen Polizisten. Als der Kommissar Schneider mit dem Polizeipräsidenten da extra vorbeigeht, um etwas von dem Gespräch mitzubekommen, sagt der Pockennarbige gerade zu dem Polizisten: »Das war nicht schlecht, unser Einsatz voriges Jahr! Haha! Und du hast zuerst gefeuert, ich kann mich genau erinnern. Ich hatte die Waffe dummerweise nicht schnell genug ziehen können, weil ich den Pullover darüber hatte. Du weißt, ich war als Normalbürger getarnt. Na ja, und dann die Verfolgung. Ich hab den Wagen gesteuert, aber du konntest den Mann letztendlich verhaften. Hut ab, Herr Kollege!« Verwundert ging der Kommissar in sein Büro, nachdem der Polizeipräsident sich verabschiedet hatte. Nach einer Weile klopfte es an seiner Tür. Der Polizist, der sich mit dem Pockennarbigen unterhalten hatte, kam herein. »Herr Oberkommissar, ich glaube, wir haben einen faulen Fisch im Bauch. Was immer das auch heißen mag!« – »Wieso? Können Sie sich nicht klarer ausdrücken, Sie Flegel? Ich kann Ihnen ja erstmal rechts und links ein paar hinter Ihre unegalen Löffel kloppen!« Und das tut der Kommissar Schneider jetzt auch, und zwar unheimlich gerne, denn er hatte es schon vermißt! Der Polizist windet sich vor Schmerzen nach der Prozedur, die ihm allerdings bekannt ist. »Und nun raus mit der Sprache!« Der Kommissar hat noch seine linke Faust unter die Kehle des Polizisten gepreßt. Mit erstickter Stimme sagt der Polizist: »Herr Oberkommissar, der Pockennarbige ist nicht echt! Er kann kein Kollege sein, weil er nicht vor Ihnen geduckt hat, als Sie mit dem Polizeipräsidenten vorbeigingen! Und außerdem erzählt er mir Sachen, die ich nicht mit ihm erlebt habe!« – »Aha!« Und Kommissar Schneider haut ihm noch mal eine rein, nur dafür, daß er überhaupt existiert. Der Polizist weint jetzt. »Ich will den Beruf nicht länger ausüben! Ich kann nicht mehr!« Das hört der Kommissar Schneider nicht gerne. »Hören Sie, Sie sind verpflichtet, bis zu Ihrem Ableben hier bei uns Dienst zu tun! Im Falle einer vorzeiten Beurlaubung tritt §14, Absatz 5 in Kraft, unverzügliches freiwilliges Ableben durch eigene Hand mit Vorauszahlung des gesamten Erbes und der Übergebung der Frau oder Haushälterin an die Polizei, respektive den Polizeipräsidenten zur Verteilung an die Untermannschaft. Wollen Sie das? Dann unterschreiben Sie hier!« Kommissar Schneider hat blitzschnell einen Vertrag aus dem Schreibtisch gezaubert.

»Ich hätte gerne ein halbes Pfund Gehacktes vom Rind, und zwei Bananen.« Kommissar Schneider steht im Supermarkt selber an der Theke und kauft ein. Das macht natürlich sonst seine Frau. Doch heute ist er selbst gegangen, um einmal zu gucken, ob es stimmt, daß die Sachen so teuer sind und sie deshalb mehr Haushaltsgeld verlangt. Und siehe da, es ist gar nicht so teuer! »Hundert Mark, Herr Kommissar!« sagt die Verkäuferin. »Hier, das Geld! Auf Wiedersehen!« Kommissar Schneider packt das Zeug in eine Tüte und geht seiner Wege. Beim Zähneputzen ist ihm heute morgen aufgefallen, daß ihm der Schneidezahn wackelig geworden ist. Er sollte mal zum Zahnarzt gehn.

Kommissar Schneider ist zufrieden, weil der einfache Polizist den Vertrag unterschrieben hat. Das heißt für den Kommissar eine Provision von 12 %, nicht mitgerechnet der Agio, das ja von dem Vertragsgegner auch aufgebracht wird. Dazu die Steuerermäßigung des Polizisten, die dem Kommissar zu 10 Achteln gehört. Nur 60 % aus dem Einkommen des Kommissars gehen also folglich zum Finanzamt. Der Steuerzahler beteiligt sich mit 47 % und einer einzigen Solidarmark am Essex. Laut Demissionsvertrag unterliegen dem Bundesamt für Obligationen zwei Verträge gleich einem. Zu beachten dabei: Lizenzen übergeben sich selbst nach Erfolgung. Der Kommissar Schneider muß dabei jedoch eines nicht außer acht lassen: Die hohen Belastungen der letzten zwei Monate werden nur zurückgezahlt, wenn eine Auflassungsvormerkung seitens des Amtes für Belohnung erlassen wird, und das kommt nur zustande, wenn der Kommissar weniger wie 40 Mark an einer gelösten Stelle einzahlt, d. h. mit Verpflichtung zur Neueinzahlung im nächsten Jahr, allerdings ohne die Sonderabgabensteuer zu refinanzieren. Punktum, der Kommissar hat nicht besonders viel von so einem Vertrag, aber es macht ihm eben auch Spaß. Leider ist die Umsetzung des Vertrags mit einer Art Schatten behaftet, weil der einfache Polizist sich selbst töten muß. Na ja, es sind genug im Präsidium vorrätig. Einer von diesen Polizisten verläßt soeben das Präsidium, es handelt sich um den Betrüger, den Mörder, der sich für einen Polizisten ausgibt. Er geht an der Putzfrau vorbei und ist schon ein paar Meter weiter, da wird er von dem Ausruf der Putzfrau geschockt: »Hey! Hallo! Hallo Klaus! Was machst du denn hier?! Und warum die Verkleidung? Ich denk, du bist bei der Eisenbahn!« Schnell rennt der Pockennarbige weg. Die Putzfrau wundert sich sehr über das Verhalten des Mannes. »Bitte, was haben Sie da gerade gesagt? Wer ist das?« Zufällig kommt Kommissar Kehrblech vorbei, einer der etwas weniger populären Kommissare, von dem bis jetzt noch nie die Rede war, weil er noch nie jemanden eingebunkert hat. Die Putzfrau weiß nicht, ob sie ihm trauen soll, wo doch gerade ein Polizist vorbeiging, von dem sie ganz genau weiß, daß er keiner ist, sondern ein Weichensteller im Stellwerk, da, wo sie samstags auch putzt, um ihr Portemonnaie etwas aufzuarbeiten. »Hören Sie, ich habe gar nichts gesagt. Was meinten Sie, Herr Kommissar?« – »Ach, nichts, Sie sind ja unverbesserlich. Auf Wiedersehen!« Er geht nach Hause. Das heißt, er *will* nach Hause gehen. Er fährt ein Stück mit der Straßenbahn und muß eigentlich nach vier Haltestellen umsteigen. Die Bahn ist leer, er setzt sich nach hinten zu dem Fahrkartenautomaten. Nach zwei Haltestellen steigt auch der Opa aus, der an der Mitteltür sitzt. Kehrblech ist allein. Er nickt ein wenig ein. Als er aufwacht, merkt er, daß er die Haltestelle, wo er aussteigen muß, verschlafen hat. Er springt auf und geht schnellen Schrittes zum Fahrer. »Hallo! Entschuldigung, können Sie noch mal zurückfahren? Ich habe vergessen auszusteigen!« Doch der Fahrer sagt gar nichts. »Hallo!!« Kommissar Kehrblech tippt ihn an. Da fällt der Fahrer um. Was ist los hier in der Straßenbahn? »Guten Tag! Drehen Sie sich nicht um. Sie werden es mir danken! Hahahahaha!« Die Stimme ist verstellt, das merkt man sofort. Hinter Kehrblech steht ein

Unbekannter. Aber als Kehrblech sich doch umdreht, dreht sich ihm auch der Magen um! Der Unbekannte ist der Pockennarbige! Sein Gesicht hat er mit faulen Eiern beschmiert, und seine Hände umfassen die Enden einer vollgeschissenen Strumpfhose! »Ich habe vorher reingeschissen! Haaaahaaaa! Und nun stirb, Verräter!« Kommissar Kehrblech steht mitten im Leben. Warum soll er schon sterben? Er weiß es nicht. Doch es geschieht. Die Straßenbahn fährt mit zwei Leichen nach Hause, und es riecht unangenehm im Fahrgastraum. Das ist dem Mörder mit der Strumpfhose egal. Er ist pervers. Kichernd geht er nach Hause. Dort zieht er seine Uniform aus und zwängt sich in einen schwarzen Knautschlackanzug.

»Ursula? Was hältst du davon, wir gehen heute zur Feier des Tages ein bißchen spazieren!« – »Was ist denn heute?« – »Ach, ich denke, vielleicht Namenstag. Also, mach dich fertig!« – »Aber warum denn!« – »Frag nicht! Sonst werd ich ungemütlich!« – »Wieso ungemütlich? Was habe ich getan?« – »Du willst nicht mit spazierengehen! Das hast du getan! Und jetzt auf! Mach schon! Ich bin ungeduldig! Ich will spazierengehen!« Der Kommissar weiß nicht mehr weiter. Wie soll er seine Frau dazu bringen, als Köder für den Strumpfhosenmörder zu dienen, ohne es ihr beizubringen! Kaum möglich, denkt er. Da fällt ihm was ein. »Ursula! Es gibt in der Stadt ein neues Geschäft, ausschließlich Damenmode! Tolle Sachen dabei! Miniröcke und aber auch große Röcke. Wir müssen durch den Stadtpark gehen, dann sind wir etwas schneller als mit dem Auto.« – »Na gut, ich interessiere mich ja für Mode. Ich will nur eben noch deine Untersachen aufhängen, sonst fangen die Sachen an zu stinken.« Sie huscht durchs Badezimmer und holt seine Unterwäsche aus der Trommel, dann hängt sie die Sachen schnell im Garten auf, dabei glitscht sie auf dem nun fast geleeartigen appen Arm aus und schlägt mit dem Mund genau in die untere Handfläche des Armes. Das scheint ihr nicht gut zu bekommen, sie ekelt sich sehr und muß sich noch eben übergeben, darf es aber nicht, weil der Kommissar schon zu lange aufs Spazierengehen wartet. »Komm jetzt! Hier wird jetzt nicht noch gekotzt!« Er reißt sie am Arm und schleppt sie spazieren. Sie biegen in den Stadtpark ein. »Konntest du den Arm denn nicht in der Zeit, in der ich zu Untersuchungen weg war, entsorgen? Ich habe ja auch nicht Zeit von hier bis an die Wand, Ursula!« Der Kommissar ist ein bißchen sauer. Dann kommen sie an dem Teich an, wo die Enten ihr Zuhause haben. »Guck mal, ne Ente!« Die Frau Kommissar will sich hierhinsetzen, es gefällt ihr hier. Normalerweise geht dann der Kommissar einfach weiter, und die Frau folgt dann schon irgendwann von selbst. Diesmal macht es der Kommissar anders. »Ursula, ich habe ein Spiel vor. Wir spielen Verstecken!« – »Gut, ich versteck mich jetzt!« – »Nein, du bleibst hier sitzen, und ich versteck mich, es kann allerdings länger dauern. Auf Wiedersehen.« Der Kommissar geht schnell weg und versteckt sich hinter einem Busch. Hier will er auf den Mörder warten. Warum sollte gerade heute der Mörder hier in den Park kommen? Der Grund legt sich für Kommissar

Schneider wie folgt dar: Pockengesicht muß an diesen Ort zurückkommen, denn er hat etwas vergessen. Und zwar die Tatsache, daß die Leiche der Frau, die hier nach dem Mord ins Wasser rutschte, wir erinnern uns, heute hochkommt, wegen der Gase, die den Körper nach gewisser Zeit auftreiben. Woher aber weiß der Kommissar überhaupt, daß hier ein Mord passiert ist? Er weiß es gar nicht, doch denkt er es sich. Er hat sich in die Person des Mörders reinversetzt und herausgefunden, daß man hier im Park zu gewissen Zeiten ungeschoren einen kleinen Mord nebenbei machen kann. Und vor vier Wochen war so ein Tag. Derselbe Tag übrigens, an dem der Kommissar selbst einen Mord versucht hat, nämlich an der Frau, die die Frikadelle aß. Es war soweit. Der Täter kann antanzen. Kommissar Schneider hat sich tief geduckt, um nicht aufzufallen. Da packt ihm jemand von hinten an die Taille. Der Kommissar wirbelt herum und sieht seiner Frau ins Gesicht! »Ich hab dich gefunden. Da hat sich einfach ein Mann neben mich gesetzt, mit so Narben!« Der Kommissar Schneider legt seiner Frau den Zeigefinger auf den Mund und flüstert: »Ich bin nicht hier! Setz dich neben den Unbekannten und warte, was passiert. Vielleicht ist es der Mörder. Los, geh jetzt!« Er schiebt die Frau aus seinem Versteck. Sie geht hoch zu der einsamen Bank und setzt sich wieder hin. Der Pockennarbige guckt sie von der Seite lüstern an. Da hört man ein Glucksen aus dem Wasser. Die Tote schwemmt auf. Der Pockennarbige latscht ins Wasser, bis zu den Oberschenkeln steht er im Morast und fummelt an der Leiche rum. Frau Kommissar Schneider sieht zufälligerweise nicht zu, denn sie ist in ihr Strickzeug vertieft. Ja, sie will ihrem Mann einen dicken Winterpullover stricken. Der Pockennarbige kommt mit einem breiten Grinsen wieder, triumphierend wedelt er mit einer alten, nach Morast und Unrat stinkenden Strumpfhose. »Da ist sie ja! Ich habe sie an der Leiche vergessen!« – »Was haben Sie vor, junger Mann?« – »Nix.« – »Ich darf mich vorstellen, ich bin Frau Kommissar Schneider!« – »Oh Mann«, der Pockennarbige versucht, ein unschuldiges Gesicht zu machen. Er hatte nicht gewußt, daß das ausgerechnet die Frau des Superkommissars ist, vor dem er einzig und allein Angst hat. »Tja, ich ... äähh .. ich werde dann mal gehen. Die Strumpfhose hier, sie gehört mir gar nicht!« Mit diesen Worten schmeißt er sie wieder ins Wasser. Doch als wolle er es sich noch einmal überlegen, springt er schnell hinterher und fischt sie noch mal raus. Dann wickelt er sie in Mördermanier um seine Finger und kommt auf die Frau Kommissar zu. »Jetzt wirst du sterben, Ratte!« – »Mit mir haben Sie nicht gerechnet! Hände hoch!« Der Kommissar Schneider kam hinter der Bank empor und zielte auf den Verbrecher. »Ah!« entfuhr es dem Pockennarbigen! Und das war praktisch auch das Kommando für den Kommissar zu schießen. Zur Abschreckung nicht ins Gesicht, sondern in den Fußboden. Der Kerl sprang vor der Kugel hoch und machte noch einen Sprung, diesmal ins Wasser. Er klammerte sich an der Frau, die die Frikadelle gegessen hatte, fest, damit er nicht absoff, er konnte nämlich nicht schwimmen. »Ich verhafte Sie im Namen des Gesetzes! Sie haben das Recht, einen Anwalt zu holen oder keine Aussage hier vor Ort und Stelle zu machen. Mitkommen!« Zu seiner

Frau gewandt: »Ursula? Hol Verstärkung! Flott!« Die Frau des Kommissars rannte weg. Es dauerte eine halbe Stunde, bis die Polizei eintraf. Solange war der Kommissar mit dem Mörder allein. War es wirklich der Richtige? War diese Festnahme nicht ein wenig zu leicht gegangen? »Warum haben Sie den Weichensteller umgebracht! Los, reden Sie!« Der Mann im Wasser zeigte dem Kommissar einen Vogel. »Was meinen Sie, was ich Ihnen gerade erzähle! Sie sind doch wohl bekloppt! Ich quassel mich doch nicht ins eigene Grab!« – »Was sind Sie von Beruf?« Kommissar Schneider begann mit dem Verhör hier an dem Teich. »Ich bin Weichensteller, genau wie der Mann, von dem Sie sprechen! Vielleicht bringen Sie mich unbewußt deshalb damit in Verbindung! Wieso sollte ich einen Kollegen umbringen? Vielleicht, weil er mich gesehen hat, wie ich mit der Strumpfhose umgehen kann?« Als das der Kommissar hörte, war für ihn klar, den Richtigen gefunden zu haben. »Hören Sie, wir werden Sie fertigmachen, *ich* werde Sie fertigmachen! So ein Verhör ist kein Zuckerschlecken!« Da plötzlich hörte man Hundegebell, ziemlich nahe sogar. Der Kommissar war einen klitzekleinen Moment unaufmerksam. Blitzschnell tauchte der Pockennarbige unter und verschwand im Teich. Kommissar Schneider fluchte. Er sprang ins brackige Wasser und deute die Frau, die die Frikadelle gegessen hatte, zur Seite, er schwamm ein Stück hinaus, immer und immer wieder tauchte er in die undurchsichtige Brühe hinab, holte tief Luft und tauchte wieder! Nichts! Der Kerl war wie vom Erdboden verschwunden. Das allein war nicht das schlimmste. Die Tatsache, daß Kommissar Schneider einer ausgebüchst ist, der schon fest an der Angel des Gesetzes hing, war für den Superkriminalisten eine ungeheuerliche Schmach! Zum ZWEITEN MAL!! Lieber tot, als dem Polizeipräsidenten gegenübertreten und seine Schande eingestehen. Aber tot war ihm dann auch wieder zu anstrengend, er dachte an die Zeit auf dem Friedhof und die Qualen seiner erst kürzlich überstandenen Verwandlungen. Also was dann? Er hatte eine Idee! Ja, das mußte klappen! Schnell rieb er sich mit Uferschlamm ein und steckte sich ein paar Dreckreste in die Haare, dann begab er sich an die Stelle, wo die Leiche der Frau, die die Frikadelle gegessen hatte, schwamm und wartete auf seine Kollegen. Endlich kamen sie. Die Frau Kommissar vorneweg. »Wo ist er?« fragte sie den Mann im Teich, den sie nun nicht mehr als Kommissar Schneider erkannte. »Ich habe ihm gestanden, daß ich es war, und nun ist er nach Hause gegangen, um die Hühner zu füttern! Oder war es ein Wellensittich? Hier, nehmt mich in Gewahrsam! Der Kommissar ist übrigens sehr gut gewesen! Ich konnte mich nicht wehren, er ist einfach Spitze! Sehr schnell, intelligent und brutal! Hut ab vor Ihrem Kommissar Schneider! Es macht Spaß, von ihm dingfest gemacht zu werden! Ja, ich bin der Strumpfhosenmörder, nennt mich »Strumpfy!« Ach, haben Sie auch Handschellen? Ich benötige welche, weil ich sonst abhaue!« Die Polizisten waren von solch einem gesprächigen Mörder sehr angetan. Sie nahmen ihn gerne mit.

Ein glattgekleideter Mann verläßt sein Zuhause. Er hat nur einen Arm, der andere Arm ist aus Plastik. Man kann es sehen, weil er mit der Plastikhand eine Zigarette hält. Es wirkt gestellt. Er begibt sich in Richtung Innenstadt, genauer gesagt Polizeipräsidium. In der Zeitung hat er heute gelesen, daß der Strumpfhosenmörder im Gefängnis sitzt. Das gefällt ihm überhaupt nicht. Er fühlt sich übergangen. Seine aufreizende Kleidung ist für eine Schülergruppe Anlaß genug, ihn auszulachen. Das ist dem Mann egal. Er ist ein speziell ausgebildeter Agent. Das glaubt er auf jeden Fall. Er ist nicht nur ein einfacher Agent, sondern ein Doppelagent. Das Schlimme nur: Er hat ein Problem. Als Doppelagent hat man keine Probleme zu haben, das könnte sich negativ auf die Umwelt auswirken. Und hat sich ja auch schon. Er ist der Mörder, der mit Strumpfhosen mordet. Doch eigentlich ist er es nicht. Es ist der andere. Und zwar er selbst. Zu schwierig zu begreifen, was diese Person ausmacht. Er hat recht. Und doch nicht. Er ist ein Mensch, und doch nicht. Denn so etwas hat es in der Geschichte bis jetzt nicht gegeben. Er ist von einer Luftblase angestiftet worden zu töten!

Kommissar Schneider sitzt in Untersuchungshaft. Ein Staatsanwalt ist damit beauftragt, den Killer zu überreden, seine Untaten zu gestehen. Denn der Kommissar hat zwar am Teich die Morde gestanden, aber jetzt stellt er sich stur. Er gibt jedoch seine Identität nicht preis. Er will es anders machen. Er will den Staatsanwalt als Geisel nehmen und flüchten, das hat er sich gestern in der Nacht ausgedacht. Dann will er noch einmal richtig loslegen, um den wahren Strumpfhosenmörder zu schnappen, und dann will er sich endlich zur Ruhe setzen, aus dem Polizeidienst aussteigen. Das hatte er letztes Mal schon vor, doch die Nachbarn hatten die Nase gerümpft darüber, daß der Kommissar dann immer nur im Garten rumsitzt und Maulaffen feilhält. Sie haben ihn schließlich angestiftet, wieder zur Arbeit zu gehen. Das war eigentlich auch gut so, denn er wäre fürs Alter nicht so gut abgesichert gewesen, seine Frau hätte am Ende arbeiten gehen müssen, als Putzfrau oder in einer Pommesbude. Da hatte er sich gegen gestemmt. Was sollen denn die Kinder denken. Der Staatsanwalt kam pünklich. »Guten Morgen, Herr Kommissar!« Kommissar Schneider war verblüfft. »Was heißt das, Kommissar!« – »Ich meine, wir wissen, daß Sie es sind, Herr Kommissar! Und das eigentlich von Anfang an.« Kommissar Schneider sprang auf die Beine, denn er hatte in der Hocke gesessen und Dreckkrumen von der Erde gehoben. »Ich verstehe! Sie haben gedacht, mit der Verwechslung den Mörder anzulocken. Richtig! Gutgemacht! Die Idee ist wie von mir selbst. Praktisch habe ich es mir ja auch ausgedacht, ich wußte, daß Sie so reagieren, und habe mich selbst zum Köder gemacht. Also, dann wollen wir mal, der Mörder wird jede Minute hier eintreffen.«

Der glattgekleidete Mann ging soeben die Freitreppe am Haupteingang hoch, seine Plastikhand barg ein zusammengeknülltes Stück Papier. Er betrat das Präsidium zusammen mit einem einfachen Polizisten. Der Polizist war gestellt. Es war der Untermieter des Glattkleidigen, der die Polizeiuniform anziehen mußte, die der Strumpfhosenmörder dem Polizisten abgezogen hatte, der sein havariertes Auto kontrollieren wollte. Der Untermieter hatte eine untersetzte Figur. Der Anzug jedoch war viel zu eng, dafür hatte er sehr lange Arme und Beine. Es sah auffällig aus und verfehlte nicht seinen Zweck. Ein Beamter, der mal eben zur Toilette mußte, bemerkte zuerst den falschen Polizisten. »Hey! Sie da! Stehenbleiben!« Er begann zu rennen. Der, der als Polizist verkleidet war, rannte auf einmal auch los. So begann eine Verfolgungsjagd durchs Präsidium, bei der sich immer mehr Beamte ihnen anschlossen! Durch einen exakten Lageplan, den ihm der Glattgekleidete mittels Hypnose hinter die Netzhaut gebrannt hatte, war er den Verfolgern immer ein, zwei Schritte voraus. Der Mörder mit der Strumpfhose jedoch konnte so unbemerkt zum Untersuchungstrakt durchkommen, denn auch die dortigen Wächter hatten sich der Verfolgung angeschlossen. Sein Lacklederanzug glänzte im Neonlicht der geputzten Flure charmant, seine pockennarbige Haut paßte gut zum übrigen Outfit, denn der überglatte Anzug schrie förmlich nach Unebenheit an anderer Stelle, damit ein gewisser Ausgleich gewährt wurde. Gleitschuhgleich salonierte der Glattlederne durch die Gänge, im Antlitz ein verschmitztes Greinen. Die Luft zwängte ihn in eine schnellere Gangart, sein Atem pfiff unhörbar eine Begleitmelodie in Moll. Da war der kleine Raum, in dem der vermeintliche Strumpfhosenmörder aufbewahrt wurde. Er langte mit seinem Plastikarm um die Kante der Türeinfassung, und da wurde auch schon von innerhalb der Zelle hart zugegriffen. Papp, der Arm riß mit einem lautlosen Furz aus der Pfanne, für den Glattledernen kein Problem. Doch der Staatsanwalt mußte erstmal schlucken! Was soll denn das sein? Ein apper Arm? Er hielt ihn noch ungläubig in der Hand, als er durch einen derben Machetenhieb unter den Klapphocker gehauen wurde. Und noch ein Hieb spaltete ihm die Zunge mitsamt Nasenraum auf. Er laberte auf seinen Peiniger ein, er solle aufhören und Einhalt gebieten! »Ich verstehe nichts!« hieb der Glatte drauflos. Silbern schillerte die Machete im Dunst des Angstschweißes desjenigen, der diese furchtbare Waffe führte, denn auch er hatte Angst, Angst vor einem unberechenbaren Kommissar Schneider, der für manche Verbrecher als unsterblich galt. Und da kam er emporgeschossen: teleskopgleich hob er mit einer einzigen Bewegung die gesamte Möbelgarnitur im Raum zur Decke, um darunterzufahren und den Strumpfhosenmörder von unten anzugreifen. Er verhedderte sich dabei in seinen Stricken, mit denen er noch am Verhörstuhl festgebunden war, doch gingen sie dadurch auch auf. Nun frei, konnte er den Glatten besser angehen. Doch der war nicht ohne! Er hatte seinen Anzug nicht umsonst in Dieselöl getunkt, so daß der Kommissar immer wieder abrutschte bei dem Versuch, ihn zu ergreifen. »Hab ich dich!«, und dann hatte der Kommissar ihn ja doch noch nicht. Was für eine Situation! Der Staatsanwalt bewegte sich plötzlich, er erhob sich unter animalischen Schmerzen und warf den beiden Kämpfern einen räudigen Blick zu, wußte selbst nicht, warum, dann schlief er auf der Stelle ein und träumte, daß man ihn ins Krankenhaus bringt und noch nicht beerdigt. Hoffnungsloser Traum. Noch nicht einmal zu Ende geträumt, sackte er in sich zusammen und wollte fast schon sterben, da dachte er an den Kommissar und wie toll er ist. Deshalb schwor er, noch weiterzuleben, aber als Aktenschrank. Der Kommissar bewarf den Glatten mit allen Akten, die der Staatsanwalt mitgeführt hatte, dem Glatten mit dem Dieselanzug glitt die Machete aus der Hand, und er versuchte, seinen Arm aus den steifen Fingern des Staatsanwaltes zu klauben. »Neee! Kollege! Ohne mich! Hahahah!« Der Staatsanwalt hielt den Arm verbissen fest. Dann kam plötzlich Ruhe in die aufgeheizte Atmosphäre. »Was ist denn jetzt, wollen wir weitermachen?« Der Kommissar wurde ein bißchen ungeduldig. »Moment, ich kann nicht mehr, eben ausruhen!« Der Glatte schmiß sich auf den Klappstuhl und hechelte, hielt sich die Schulter, an der der Plastikarm dran war. »So, weiter! Los!« Der Kommissar ließ es nicht zu, daß zu lange gewartet wird. »Der Glattlederne bekommt Punkteabzug wegen Passivität, Herr Kommissar!« Damit hatte der Glatte nicht gerechnet, er wurde jetzt bösartiger als zuvor. »Haaa!« entfuhr es ihm, und er warf sich mit dem ganzen Gewicht auf den Kommissar, der nicht so schnell reagieren konnte, weil er gerade ans Telefon gegangen war, um seine Frau anzurufen, wegen dem Essen. »Oschigori!« Der Staatsanwalt kannte sich gut aus in Judo. »Ich lag nicht auf beiden Schultern!« Stimmt, der Kommissar war zwar in Rückenlage gegangen, doch der Gangster hatte es nicht vermocht, ihn ganz niederzulegen. Und wieder wurde er wegen Passivität ermahnt. »Ich gebe auf, Herr Kommissar, und stelle mich hiermit. Ich kann nicht mehr!« – »Das wird Ihnen in der Urteilsverkündung von Vorteil sein, dann können Sie bald wieder morden, wir versprechen es Ihnen!« Der Mörder kapiert jetzt allerdings gar nichts mehr. »Wieso denn das? Ich denke, ich soll nicht morden?« Kommissar Schneider und der Staatsanwalt gucken sich genervt an. »Also, paß mal auf. Wir haben einen Beruf. Und dieser Beruf ist für uns zwar anstrengend, aber spitzenmäßig, denn wir sind so gut wie nie zu Hause. Und warum sind wir nie zu Hause? Weil wir Typen wie dich verhaften müssen. Das gelingt uns fast immer!« – »Mir gelingt es übrigens nicht nur fast immer, sondern immer!« unterbricht der Kommissar den Staatsanwalt. »Aha, ich verstehe. Und darum soll ich weitermachen?« – »Jaa ... ö ... nicht sofort. Pro forma erstmal in die Kiste, und dann, nach vielleicht zwei, drei Jahren: weiter!« Der Glattlederne wird plötzlich aufgeregt. »Was soll das! So lange im Gefängnis? Und mein Job als Weichensteller? Den bin ich dann los!« Der Kommissar Schneider legt dem Mörder mit der Strumpfhose die Hand auf die Schulter. »Hören Sie, ich haue Ihnen jetzt eine rein, und sie gestehen die paar Morde. Ich schließ hier ab und geh nach Hause, und der Staatsanwalt legt für Sie ein paar gute Worte ein beim Untersuchungsrichter, von wegen gute Führung beim Verhör und so weiter. Ist das klar?« Er schlägt dem Glattledernen ins Gesicht und will weggehen. Da verdunkelt sich das Zimmer, in dem sie sind, und eine Art Luftblase steht in der Luft. Die Luftblase spricht: «Hallo, Ihr Erdlinge! Ich bin ein Phänomen einer andern Welt.

Meine Galaxie hat mich verpflichtet, einen außergewöhnlichen Menschen auf der Erde zu finden. Es ist mir soeben gelungen. Ich kann kurz erklären: Ich habe eine x-beliebige Person aus der Erdbevölkerung herausgepickt, die ich angelernt habe, etwas Außergewöhnliches zu vollbringen. Das Außergewöhnlichste, was ein Mensch vollbringen kann, ist Mord mit einer Strumpfhose. Das heißt, das dachte ich bis vor kurzem. Doch dann gelangte ich zu der Überzeugung, daß derjenige, der einen solchen Mörder, der ja schwer zu personifizieren ist, jemals fangen sollte, eigentlich noch viel außergewöhnlicher ist als der Täter selbst! Und dieser Mann sind Sie, Herr Kommissar Schneider. Steigen Sie bitte in die Blase und verabschieden Sie sich von Ihrer Frau, wir wollen ins Weltall, zu meiner Galaxie aufbrechen. Ach, ich vergaß. Hier! Hypnose!«
Das war es also! Der Kommissar hatte nämlich die ganze Zeit das Gefühl gehabt, er hätte es nicht mit einem Profimörder zu tun, vor allem, weil er wahllos morden konnte, und einmal hatte er ja auch anscheinend dann wirklich mit Blicken gemordet. (Diese Tat wurde hier in dem Buch ausgelassen.) Wenn diese Luftblase es ihm befohlen hat, war es möglich. Und der Plastikarm? Genau, einmal hatte der Mann einen Arm aus Plastik, ein anderes Mal hatte er beide Arme aus Fleisch und Blut. Das hatte wahrscheinlich die Luftblase getan, um einen Kommissar wie ihn total in die Irre zu führen, damit nachher seine total gute Qualität als Kommissar noch gesteigert wird, wenn er so einen schwierigen Fall löst! Doch weiter konnte der Kommissar nicht denken, auf einmal verfinsterte sich die Luft

um die Luftblase, wurde dann hellblau und glitzerte grell, der Glattlederne und der Staatsanwalt verblichen immer mehr, bis sie ganz weg waren, und eine Riesenhand aus einer Art Pudding oder Quark hob den Kommissar in die Luftblase hinein. Er starrte mit seinen Augen in ein imaginäres Cockpit. Doch war es eigentlich nicht da, denn man sah lediglich eine Strumpfhose zusammengewickelt auf einem Balkon liegen. Ja! Der Balkon des Kommissars! »Wenn Sie sich bitte jetzt von Ihrer Frau verabschieden wollen, Herr Oberkommissar!« Die Stimme der Luftblase war mit Nachdruck ausgestattet. Kommissar Schneider stieg auf den Balkon und ging ins Wohnzimmer. Seine Frau stand engelgleich hinter der Gardine und sprach: »Hallo! Du mußt gehen! Wir werden uns nicht wiedersehn! Adieu! Es ist wunderschön!« Dann drehte sie sich um sich selbst und begann, ein Liedchen zu singen: »Fitze Fitze Fatze . . !« Und so weiter. Dem Kommissar war wirklich nicht ganz geheuer, das war ja wohl total künstlich und gestellt. Egal, mal sehen, was jetzt passiert. Das kann doch wohl nicht wahr sein, daß man einfach einen Menschen ins All mitnimmt, der gar keine Atemausrüstung und so dabei hat! Lächerlich! Doch stieg der Kommissar wieder anstandslos in die Luftblase, und sie flogen los. In Nullkommanichts stand der Apparat Luftblase im All, das heißt, man meinte, die Blase würde stehen, doch im Gegenteil! Sie stürzte sich mit einer Geschwindigkeit von über zwei Milliarden Mach durchs Weltall! Unglaublich, aber wahr! Der Mars flitzte fast ungesehen an ihnen vorbei. Dann die Venus. Den Mond hatte der Kommissar erst gar nicht erkennen können, das war ja ganz am Anfang des Fluges, ganz sofort. Da hatte er mit so was noch nicht gerechnet. Die Milchstraße bot einen bewegenden Eindruck, der Kommissar merkte sich fast alle Sterne im Vorbeifliegen. Es sah toll aus. Da bemerkte er eine Hand auf seiner Schulter. Es war die Hand der Luftblase, die zu ihm sprach. »Kommissar Schneider? Sind die Blumen, die es auf der Erde gibt, alles Züchtungen von Menschenhand?« Der Kommissar wußte nicht ganz darauf zu antworten. Wenn er sagen würde, es wäre alles aus Menschenhand, dann müßte er vielleicht in der fremden Galaxie auch so was züchten. Und wenn er sagen würde, nein, die Pflanzen waren immer schon da oder sind vom lieben Gott, dann würde die Luftblase vielleicht sagen »Och, dann brauch ich dich gar nicht, wenn das sowieso nicht geht, Tschüs!« und ihn aus der Luftblase schmeißen in den leeren Raum! Und was das heißt, hatte der Kommissar mal als Kind erlebt. Ein paar Halbstarke hatten ihm von hinten die Gurgel eingeklemmt, so daß er keine Luft mehr bekam, und das ziemlich lange Zeit. Also mußte Schneider diplomatisch vorgehen. »Es gibt Pflanzen, die sind von Menschenhand gezüchtet, andere dagegen waren immer schon da, es könnte sein, daß auch sie von Menschenhand gezüchtet wurden, wohingegen die ersteren, die ich erwähnte, auch normal in der Natur erscheinen, also von selbst. Die meisten Pflanzen sind also von Menschenhand und auch so gekommen.« Darauf wußte die Luftblase nicht zu antworten. »Hören Sie, Kommissar, was meinen Sie damit, ist es etwa auch möglich, daß der Zufall seine Finger im Spiel hat?« – »Jetzt weiß ich wiederum nicht, wovon Sie sprechen, Luftblase!« Der Kommissar verstand sich darauf ziemlich gut, dem fremden Individuum einen Bären aufzubinden. Doch in dem Moment, wo der Kommissar so etwas dachte, wußte die Luftblase sofort Bescheid über ihn, er konnte nichts verheimlichen! »Hey, Kommissar, Ihre Gedanken! Sie sind doch nicht gegen mich gerichtet?« – »Aber, aber, meine Herren! Ich bin wohl nicht ganz zurecht im Moment, mir geht es nicht gut, ich glaube, ich fiebriere!« – »Das will ich meinen«, sagte die Luftblase. Sie flogen weiter ins unendliche Universum hinein. Die Milchstraße hatten sie schon lange hinter sich gelassen. Es wollte noch nicht Abend werden. Auf dem Planeten Erde war noch Licht. Doch die Luftblase und ihr illustrer Inhalt konnten die Erde nicht sehen. Sie waren schon um die Ecke.

Auf der Erde macht die Frau Kommissar Schneider eine merkwürdige Entdeckung. Im Zimmer des Kommissars, das Zimmer, wo früher die Tochter gewohnt hat und das noch immer so aussieht, als würde ein junges Mädchen dort wohnen, liegt der Kommissar auf dem Jugendbett und schläft. Schuhe an, Jacke an, so, wie er nach Hause gekommen ist. Sie will ihn mal wecken. Aber es gelingt ihr nicht. Er liegt da wie tot. Atmet er überhaupt noch? Sie macht sich Sorgen. Sie beugt ihr Gesicht über seinen Mund und horcht an seinem Atem. Nichts zu hören? Doch, eine Art kurzatmiges Gehechel. Sehr schnell. Wie ein Hund! Sie wundert sich ein bißchen. Na ja, vielleicht ist der Fall Strumpfhose zu schwer für ihn. Er sollte seine Laufbahn endgültig beenden. Manchmal dachte sie darüber nach, was er denn so treibt, wenn er auf Streife ist. Er war in letzter Zeit kaum zu Hause. Und es kommt ihr auch so vor, als wäre er meist über Nacht weg, ja mehrere Tage lang, denn das Essen bleibt in den letzten Tagen des öfteren stehen. Sie hatte gekocht, daß sich die Balken biegen. Und dann alles selbst gegessen. Da hätte ihr spätestens auffallen müssen, daß der Kommissar nicht oft da ist. Aber von Koslowskys der Mann, war der immer da? Nein! Denn der Mann war auf Montage. Er war sogar manchmal vier Monate weg. Und der Kommissar? Nicht so viel. Na ja, bald ist es ja vorbei, da würde sich der Kommissar Schneider ausschließlich um seine Frau kümmern können. Gemeinsam wollten sie in hohem Alter zusammen eingehen. Am besten im Gartenhaus, der absolute Lieblingsplatz des Kommissars! Sie kam ins Grübeln. Was war denn das gewesen? Hatte sie geträumt, daß der Kommissar wegfliegt? Hatte er sich von ihr für immer verabschiedet? Kann nicht sein, da liegt er ja. Und sie geht wieder in die Küche, weitermachen. Jetzt sind die Töpfe dran. Die Töpfe zuletzt, und dann nur mit dem Spüllappen abtrocknen, ja, so hatte sie es gelernt.

Kommissar Schneider war eingetroffen. Die Luftblase gab den Passagier frei. Der erste Schritt für den Kommissar auf fremdem Planeten! Was für eine Herausforderung! Ob es hier Verbrecher gibt, die noch frei rumlaufen? Der Kommissar schwelgte förmlich vor sich hin. Er hatte eine Art Glücksgefühl, es hatte ihn einfach übermannt. Oder war es die Tablette gewesen, die ihm die Luftblase intratorpediert hatte? Egal, Hauptsache lustig! Der Kommissar lenkte seine Schritte in die erstbeste Kneipe. Hier auf diesem Planeten gab es davon viele. Eine war spektakulärer ausgeleuchtet wie die andere. Wo hatten die denn hier die vielen Lichter her? Ein unglaublicher Aufwand! Man wollte wohl dem Kommissar zu seinem Besuch besonders imponieren. Aber es gab keine Lebewesen hier. Außer eben so ne Art Luftblasen, aber keiner wie die, die den Kommissar hierhergebracht hatte. Erstmal einen hinter die Binde kippen. »Morgen! Ein Pils!« Der Kommissar sagte diese Bestellung in den leeren Raum. Und aus dem leeren Raum kam auch das Pils angeflogen. Zack, war es da! Zauberei? Dem Kommissar egal. Ein paar Schlucke, und das Glas war leer. Und als er so dastand und überlegte, ob er noch eins bestellt, verschwand auf einmal der Boden unter seinen Füßen, und es tat sich eine Treppe nach unten in die Erde auf. Eine Hand lockte ihn mit ihrem gebogenen Zeigefinger in die Tiefe. Er stieg die Treppen hinab, es wurden immer mehr Stufen, und als er ca. hundert Stufen gegangen war, explodierte vor seinen Augen ein Handfeger. Ja, war denn das zu fassen? Und noch eins auf den Däts! Da schlug doch jemand mit einem Handfeger auf den Kommissar ein! »Na, hören Sie mal! Ich bin Polizeibeamter! Aua!« Doch der Handfeger hörte nicht auf. Jetzt erst bemerkte der Kommissar, daß das eine Art Wahnvorstellung war, es war nur Phantasie. Denn da spürte er eine schwere Hand auf seiner Schulter. »Denken Sie nicht an zu Hause, wir sind gleich am Ziel!« Na klar! Die Luftblase! Alles war Quatsch! Der

Kommissar hatte sich stundenlang an der Nase rumführen lassen! Der Glattlederne hatte ihm eine Art Senf auf die Augen geschmiert im Fallen, und der Kommissar war in Ohnmacht gefallen. Jetzt war er wieder ganz der alte. Er rieb sich die Augen. Als er so dalag, nervte ihn ein bißchen der Putzfimmel seiner Frau. Immer wenn es Frühjahr wird, fängt sie an, wie bekloppt an dem Haus rumzufummeln! Ein Geputze ist das! Da wird man ja verrückt! »Da wird man ja verrückt! Hör doch endlich mit dem Putzscheiß auf, Ursula! Ich hab dir was gesagt!« Was war nur mit dem Kommissar los! Er lag auf der Couch, aber wo ist die Luftblase hin! Ob die Luftblase jetzt die Situation so hinstellt, daß der Kommissar gar nicht mehr weiß, wo er ist? Durch eine moderne Art und Weise der Vergessensarbeit beeinflußt, muß der arme Kommissar Schneider doch tatsächlich den gesamten Fall »Strumpfhosenmörder« noch einmal bewußt erleben! Und das ist seine Chance, den Fall diesmal etwas souveräner anzugehen. Ich glaube, die Luftblase macht das extra, damit der Kommissar eine bessere Einzelwertung bekommt und somit auf dem Sonnensystem der Luftblase als großer Star gefeiert wird. Dann hat die Luftblase einen Riesenerfolg für die Vermittlung! Also hier noch einmal die Geschichte der Straftatverfolgung, besser und souveräner, mit einem unvergleichlich rasanten Kommissar Schneider:

. . . arschfahl klebte der Mond am Fenster. Das Schloß lag im Schatten einer riesenhaften Kastanie. Ein Eichhörnchen kletterte mutig im Geäst und warf mit Nüssen. Der Himmel kotzte. Kein Lüftchen. Ein gelbes Gesicht zwischen verstaubten Akten: Der Kommissar Schneider hatte sich beim Untersuchungsrichter eingeladen. Seit vierzehn Tagen suchte er eine bestimmte Akte. Ohne Vorwarnung platzt auf einmal die Hauptwasserleitung im Keller! Ein lautes Zischen und das Gekreische von tausend Ratten! Kommissar Schneider bog sich vor Lachen. Er hatte soeben eine Akte gefunden, die, als er sie anrührte, zu Staub zerfiel. Jetzt war der Keller vollgelaufen. Außer Kommissar Schneider war niemand im Hause. Der Untersuchungsrichter wohnte alleine hier, er war weggegangen, poppen. Er hatte die Adresse dagelassen, falls der Kommissar auch dahin will. Der Kommissar geht bestimmt nicht dahin, er interessiert sich ausschließlich für seinen Beruf. Rumpelnd schlägt die erste Wasserwelle gegen die mit alten Eisen beschlagene Holztür in der Bibliothek. Kommissar Schneider stört das nicht, er sucht etwas Außergewöhnliches: die Akte »Strumpfhose«. Er muß aufs Klo und geht eine halbe Treppe höher auf den Pott. Ach, da ist ja die Akte, sie steht auf dem Fensterbrett neben dem Klopapier. Da hat vielleicht der Untersuchungsrichter mal so beim . . . (nicht sagen!) drin rumgeblättert, es ist nämlich eine der interessantesten Akten, die es gibt. Der Kommissar Schneider setzt sich in Positur, dann beginnt er zu sprechen: »Tja, meine Damen und Herren, die Akte Strumpfhose gehört zu den kniffeligsten Fällen der Polizeigeschichte. Ich hatte den Täter bereits einmal hautnah in meiner Nähe, konnte aber nicht effektiv zuschlagen. Jetzt läuft er immer noch frei rum. Aber hören Sie selbst die Geschichte:

... das Essen ist fertig!, schallt es aus der Küche. Die Frau Kommissar hat sich total ins Zeug gelegt und eine Suppe gekocht, die nicht von schlechten Eltern zu sein scheint, denn der Hund zieht jaulend seinen Schwanz ein und haut über den Balkon ab in den Garten. Bloß nichts davon essen müssen, das ist seine Devise. Der Kommissar versucht auch, sich nicht zu zeigen, er macht sich ganz klein in seinem Zimmer, das aussieht, als würde ein junges Mädchen da drin wohnen. Er fummelt irgendwie am Schrank rum und will fast hineinsteigen, als seine Frau um die Ecke kommt mit dem Teller Suppe. »Hier! Suppe!« Mit triefenden Augen wagt der Kommissar einen Blick zum Tellerrand. Die Suppe hat die Farbe Weinbergschnecke, es soll aber Pustelsuppe sein, mit einem Klümpchen Quallenfleisch drin. »Ist da Fleisch drin?« Der Kommissar ist äußerst mißtrauisch. »Ja.« Sie stellt die Suppe auf dem Couchtisch ab und verschwindet wieder in Richtung Küche. Kommissar Schneider hebt den Teller hoch und nimmt den Löffel voll Suppe, um ihn an den Mund zu führen. Beißender Gestank schwillt ihm entgegen. Nein, die

Suppe kann er nicht runterkriegen, er guckt noch mal, ob sie nicht guckt, und geht dann zum Fenster, zieht die schwere Gardine zur Seite, öffnet das Fenster und schüttet die Suppe einer Oma, die zufällig vorbeigeht, in den Nacken. Ihre Schmerzenschreie hört er zwar, doch schnell das Fenster wieder zu, er hat Schritte aus der Küche gehört. Sie kommt. »Schon fertig, die Suppe? Das ging aber schnell!« Sie nimmt den leeren Teller entgegen und macht sich auf den Weg zum Spülstein. Nach einer Weile hört der Kommissar ihre begnadeten Spülhändchen ins kochend heiße Wasser platschen.

»Guten Tag, Herr Kommissar, was darf's denn heute sein?« – »Ich hätte gerne ein viertel Pfund Bananen und ein Stück Käse aus dem Fenster!« Der Kommissar ist heute selber einkaufen gegangen, weil er das Gefühl hat, daß seine Frau ihn bescheißt. Sie will seit zwei Monaten mehr Haushaltsgeld. »Es ist zu wenig!« hatte sie gesagt. Zuerst hatte er nichts Böses vermutet. Doch er wäre ein schlechter Kommissar, würde er der Sache nicht mal nachgehen. Hinter ihm steht einer mit einem pockennarbigen Gesicht, ein Mann, der sich ein paar Feinstrumpfhosen kaufen will. Das fällt dem Kommissar auf. Er ist ein guter Kommissar. Und was tut er jetzt? »Entschuldigen Sie, warum kaufen Sie sich Feinstrumpfhosen?« Diese Frage ist für den Pockennarbigen zuviel. Er zittert mit den Fingern und reibt unsicher an der Verpackung der Strumpfhose rum. »Ich habe an später gedacht, vielleicht brauch ich so eine

Strumpfhose mal, Entschuldigung!« Der Kommissar wird aber jetzt stutzig. »Wieso entschuldigen Sie sich bei mir? Haben Sie was auf dem Kerbholz?« Da verliert der Mann die Nerven und flieht. Kommissar Schneider fliegt ihm förmlich hinterher, doch kann er ihn nicht bekommen. Er hat jetzt das Gefühl, daß er dem bekannten Strumpfhosenmörder begegnet ist. Die Zeitungen berichten darüber seit geraumer Zeit. Ein besonders wählerischer Verbrecher, der zunächst erst einmal seine Opfer persönlich kennenlernen will und mit ihnen essen geht und ihnen Geschenke macht und dann, wenn das Opfer denkt, jetzt kann mir nichts mehr passieren, schlägt er mit aller Gewalt zu. Er knüllt eine nagelneue Strumpfhose zu einem Knäuel, dann zieht er sie lang, und dann wirft er sie seinem Opfer förmlich um den Hals und zieht an den Enden feste, feste zu. Das Opfer stirbt an Erstickerei. So macht er's. Auch hat er aber schon mal alte, vergammelte Strumpfhosen genommen dafür. Und einmal hat er sogar extra in eine Strumpfhose reingeschissen, um das Opfer mit Gestank auch noch zusätzlich zu quälen. Was für ein Typ. Scheiße, der Kommissar hat ihn nicht fassen können. Niedergeschlagen geht er nach Hause. Hoffentlich merkt seine Frau nicht, daß er sauer auf sich selbst ist. Er will sie heute nacht poppen, wenn sie schläft.

Am nächsten Morgen hat der Kommissar totalen Mundgeruch und hustet zweimal. Die Frau ist schon in der Küche am Rumwerkeln. »Kaffee?« – »Ja.« Sie sitzen am Tisch und schweigen. Da geht das Telefon. Die

Frau geht dran, es ist eine Freundin. Sie wollen sich treffen, um über ihre Männer zu reden. Das ist ihr Hauptgesprächstoff. Der Kommissar läßt es zu, daß sie sich bei ihnen treffen. Er will aber dabeibleiben, um zu gucken, ob sie auch nur gute Sachen über ihn erzählen. Die Frauen haben keine Chance, über Geheimnisse zu sprechen. So bleibt er zu Hause, obwohl er eigentlich ermitteln muß. Und genau das ist das Verrückte: Gerade heute hat der Strumpfhosenmörder vor, beim Kommissar zu schellen, um sich dort vorzustellen und eine langjährige Freundschaft mit der Frau Kommissar aufzubauen, um sie dann später, vielleicht in drei Jahren, mit einer Strumpfhose zu erwürgen, die er besonders eklig präparieren will. Er will vom Kommissar aus dem Präsidium das Mundstuck der Pfeife klauen, mit der der Kommissar heimlich raucht, und es gären lassen, dann will er die Strumpfhose damit beschmieren! Etwas Schlimmeres kann er sich nicht vorstellen. Wir auch nicht.

»Hallo, Ursula!« Die Bekannte der Frau Kommissar kommt zur Tür herein. Sie bemerkt auch den Kommissar. Der dreht sich um und verschwindet auf sein Zimmer. Er hat eine Mikrofonanlage installiert, mit der er die Unterhaltung abhören will. Sie wissen es, es ist immer so in letzter Zeit. Der Kommissar sitzt gelangweilt seit zwei Stunden vor seinem Flötotto-Schreibtisch, da geht die Türglocke. Die Frau öffnet die Tür, und herein kommt der Pockennarbige. »Guten Tag, ich will Sie kennenlernen! Mein Name ist uninteressant!«

Die Frauen kommen mit ihm ins Gespräch. Der Kommissar hält sich noch versteckt. Als das Thema des Gespräches auf Strumpfhosen kommt, merkt der Kommissar, daß es der gesuchte Mann sein muß, der ihm ja auch im Supermarkt entwischt ist. Jetzt muß er aufstehen und ihn verhaften. Ohne Gegenwehr läßt es der Pockennarbige geschehen. Die Frauen unterhalten sich weiter über ihre Sachen, während der Kommissar und sein Begleiter das Haus verlassen und zum Polizeipräsidium gehen. Doch auf dem Weg dahin flieht der Mörder. Was für eine Schmach für Kommissar Schneider. Er rennt noch ein Stück hinterher, doch der Mörder bleibt weggelaufen. Was tun? Kommissar Schneider holt sein Auto und fährt kreuz und quer durch die Stadt, um eventuell den Mörder doch noch zu fangen. Und siehe da, da vorne rennt er. Der Kommissar gibt Gas und holt ihn ein. Noch einmal kann er ihn verhaften. Und jetzt heißt es aber wirklich: Auf zum Polizeipräsidium. Als er dort eintrifft, wird er mit Ehren empfangen. Er bekommt Gehaltserhöhung. Der Polizeipräsident ist ein großer Mann, ein Meter neunzig. Er reicht Kommissar Schneider die Hand.

Nun ist der Kommissar mal wieder arbeitslos. Der Mörder sitzt im Kahn. Ansonsten keine Verbrechen in der Stadt. Da will er selber etwas machen, vielleicht auch am besten Mord. Ja, das ist es. Er überfällt eine Tankstelle und metzelt die Leute da nieder, mit einer Schere, die er vom Friseur geklaut hat. Er wird erkannt, doch der Mann, der ihn erkannt hat, stirbt in einer Blutlache vor sich hin. Als die Polizei eintrifft, lallt er nur: »Hall . . lll . . . . koko . . . ko . . .« und stirbt. Jetzt ist der Kommisssar auf diesen Fall angesetzt. Als er ins Präsidium kommt, liegt der Befehl zum Ermitteln schon bereit. Er hat wieder was zu tun. Dieser Fall allerdings ist für ihn ein riesengroßes Tentakel an Ermittlungsschwierigkeiten. Davon später, in dieser Form.

Kommissar Schneider und der falbe Kaplan

In der Zeit, in der der Kommissar Schneider nichts zu tun hat, sammeln sich häufig andere Sachen an, Hausarbeiten. Er unternimmt auch Spaziergänge. Aber eigentlich hat er keine Lust zu plaudern. Plauderei mit fremden Menschen ist ihm ein Greuel geworden, seitdem er durch seine Spezialermittlungen so beliebt geworden ist. Alle wollen was von ihm. Er geht dann weg. Heute will er mit dem Fahrrad ein bißchen durch die schöne Gegend fahren. Das Wetter ist gut. Die Wolken färben den postkartenblauen Himmel mit Weiß zu. Federwölkchen, die Lieblingswolken des Kommissars. Er summt ein Liedchen, das ist selten. Die Beinchen gehen immer rauf und runter. Die Passanten verbiegen sich, um ihm nachzusehen. Doch er wird zu spät als der Kommissar Schneider erkannt. Die Leute sind nachher wie total verstört! War er das? Oder war er das nicht? Das ist dem Kommissar egal. Er radelt munter in den Tag hinein. Sein Weg führt ihn in eine Gegend, in der kaum noch Autos fahren, und auch keine Fußgänger sind weit und breit zu sehen. Er ist allein. Sein Atem ist das einzige, was er hier hören kann. Es piepst ein wenig, er ist nun doch auch nicht mehr der Jüngste. Das wird ihm bewußt, als er versucht, die Steigung mit dem dritten Gang zu nehmen. Erschöpft muß er nach hundert Metern aufgeben und schieben. Kaltes, nasses Laub umschlingt seine kurzen Ringelsöckchen, als er das Rad den Berg raufschiebt. Der Wald steht aufrecht in der überladenen Natur. Die Baumkronen haben etwas Majorales. Ein Specht hackt auf eine alte Schwarzkiefer ein, daß es nur so birst.

Die Vögel im Wald lassen täglich die Korken knallen, denn es ist Herbst, und es bleibt nur noch wenig Zeit bis zum langen Abschied. Sie wollen im Winter natürlich wie immer nach Australien. Ein paar Vögel werden dann hierbleiben, die alten, zu schwachen. Der Kommissar denkt an so was, als er schwitzend das alte Scheißfahrrad vor sich herschiebt. Tannenzapfen säumen seine Schuhe, und sein Tritt wird immer aufwendiger gestaltet. Laut krächzend vor Atemnot kommt er oben auf dem Berg an. Nun eine kleine Verschnaufpause. Er setzt sich stur auf eine Bank. Der Spaziergängerverein hat hier zum Glück diese Bank vorvorletztes Jahr aufgestellt. Es war ein langes Hin und Her, bis das passierte. Erst mußte mal eine Oma vor Herzklabaster sterbend zusammenbrechen, dann endlich wurde der Befehl erlassen, diese Bank aufzustellen. Für den Kommissar Schneider jetzt eine Wohltat. Er streckt seine Füße aus und lehnt sich zurück, dabei wirft er aufatmend die Arme nach hinten. Und das ist gut so! Denn er streift unvorhergesehene Gäste mit seinem Arm: Hinter der Bank muß jemand stehen! Schnell dreht sich Kommissar Schneider um und sieht in das Gesicht eines völlig aus den Fugen geratenen Menschen! Hinter der Bank steht ein möglicherweise kirchliches Wesen, eine Art Kaplan oder so! Sein Gesicht ist durch das Licht, das durch die Baumkronen nicht auf den Waldboden kommen kann, kaum zu erkennen. Nur eins ist sicher: es ist sehr, sehr falb!

Kommissar Schneider wachte endlich auf. Er war gefesselt. Der falbe Kaplan saß vor ihm und griente. Sein Gesicht war total käsig. Sein Kaplansmantel hatte Blutflecken am Ärmel. Er sagte, es käme von einem Huhn, daß er heute schlachten mußte, wegen Hungergefühlen. Aber der Kommissar Schneider dachte, es wäre Blut von einem Mordopfer. Doch so etwas hatte der falbe Kaplan nicht nötig. Er ging einer anderen Tätigkeit nach, auch eine verbrecherische natürlich: Er nähte Mäntel, in denen er jede Menge Essenssachen aus Supermärkten schmuggeln konnte. Und diese Mäntel verkaufte er nicht, sondern stellte sie zur Verfügung, kassierte jedoch von jedem Mantelinhalt achtzig Prozent Diebesgut! Deshalb brauchte er jetzt ein größeres Schloß. Und seine neueste Idee war, einen Kommissar wie den Kommissar Schneider zu hypnotisieren und ihn für sich ein Schloß kaufen lassen, aber von seinem eigenen Geld, also von dem Geld des Kommissar Schneider! Da der Kommissar Schneider aber nicht über soviel Barschaft verfügte, gab ihm der falbe Kaplan frisch gedrucktes Geld mit aus seiner Künstlerwerkstatt. Aha, daher wehte der Wind! Eigentlich sollte der Kommissar nur als Strohmann dienen für das Geschäft, und wenn es rauskommen würde, daß das Geld Blüten waren, konnte man dem falben Kaplan nichts anhängen, denn er hypnotisierte den Kommissar Schneider dahingehend, daß der Kommissar die Begegnung im Wald sofort vergaß. Und deshalb geschah folgendes:

»Guten Tag, mein Name ist Schneider, ich bin Oberkommissar! Ich will dieses Schloß kaufen hier!« Er zeigt auf das Schloß. Vor ihm steht der Untersuchungsrichter, der tatsächlich in einer Art schloßähnlichen Umgebung wohnt. Der Kommissar wählte dieses Haus zum Kaufe aus, weil er wußte, daß der Untersuchungsrichter knapp bei Kasse war. Doch dieser sagte, indem er dem Kommissar fest in die Augen guckte: »Sei immer auf der Hut vor Leuten, die Schlangengift mit sich führen, es könnte für dich bestimmt sein, guter Freund!« Daraufhin wachte der Kommissar Schneider förmlich auf! Er bedankte sich beim Untersuchungsrichter, der ihm diesen mehr als zweideutigen und vor allen Dingen seine Situation nicht zutreffender beschreiben könnenden Satz praktisch geschenkt hatte, und verhaftete noch am gleichen Tag den falben Kaplan, der verdutzt noch versuchte, den Kommissar Schneider mit Blicken zu töten. Das wäre ihm beinahe gelungen. Nur fiel der schlaue Kommissar überhaupt nicht auf solchen Blödsinn rein. Mit Blicken töten! Konnte es so was geben?

Und nun noch eine Anmerkung des Verfassers zum aktuellen Fall »Strumpfhose«:

. . . als ich im Polizeidienst war, sind mir ungeheuerliche Sachen passiert. Davon schreibe ich. Ich kann nicht anders. Um diese Sachen zu verarbeiten, muß ich mich der Außenwelt mitteilen. Solch ein Fall wie der nun endlich abgeschlossene birgt indifferente Momente. Manchmal verzweifelt man förmlich an seiner Kapazität, geschweige denn kann man mit einem Erfolg in aller Schnelle aufwarten. Der Fall »Strumpfhose« zeigt aber auch die Schwächen der Gesellschaft. Zum Beispiel die eigene Schwäche, zu gutmütig zu ermitteln. Man muß immer dem Verdächtigen auf der Spur bleiben, sollte aber nicht vorschnell verurteilen. Ein Kind, das einen Apfel stiehlt, das ist eine eindeutige Straftat, da muß die Todesstrafe natürlich einen Wiederholungstäter davon abhalten, auch so etwas zu tun. Jetzt fragen sie sich: Todesstrafe bei Apfelraub? Das ist unmenschlich! Und genau diese Einstellung ist falsch. Ein Apfel ist auch ein Mensch wie du und ich. Wenn er vom Baum abgepflückt wird, erlischt sein Leben. Der Täter muß mit der härtesten Strafe konfrontiert werden, die es zur Zeit gibt. Ich hoffe, daß bald aber schärfere Strafen kommen, zum Beispiel »Hey margarena!« (am besten ist, ich lege es mal auf).

Helge Schneider wird unterstützt von der »Aktion Todesstrafe für Nasebohren«. In einer Welt des saturierten Einerlei ist der Autor Helge Schneider regelrecht verpflichtet, einer Meinung zu sein mit allem.

Und nun noch ein Gedicht

der eber liegt faul in der sonne
kartoffeln faulen in der tonne
der hahn kräht schallend auf dem mist
der bauer mäht, der ochse frißt

die hühner scharren dumm im dreck
die bäuerin nimmt etwas speck
und schmeißt ihn in die heiße pfann
damit man später essen kann

den bauernschmaus, den bauernschmaus
die schlachtung ist im eignen haus
da kommt der trecker um die ecke
und macht hinten an der hecke

mit seinen dicken vorderfüßen
eine lange spur kaputter küken
den schlüssel ließ der bauer stecken
jetzt tut er sich die zähne lecken

zu spät sieht er den traktor humpeln
weit weg im stroh die augen funkeln
denn er ist wütend auf sich selber
im stall, da lachen schon die kälber

der trecker streckt sich noch mal lang
dem bauer auf dem feld wird bang
das ungetüm rast auf ihn zu
es spaltet jetzt die erste kuh
und dann bäumt es sich hoch hinaus
und macht dem bauern den garaus
die bäurin sieht von weitem zu
dann bückt sie sich zum rechten schuh

der schuh scheint ihr etwas zu drücken
drum tut sie sich jetzt tiefer bücken
die luft ist voll von vielen mücken
die bäurin hat es auch im rücken

weit draus im feld der bauer ruft
körperteile fliegen durch die luft
der traktor hat sein ziel erreicht
der bauer einer pizza gleicht

die bäurin stört das wirklich nicht
weil sie an ihren füßen riecht.

Helge Schneider
Guten Tach. Auf Wiedersehn.

Autobiographie, Teil I

Mit zahlreichen Abbildungen
KiWi 279

Ein Stern geht auf am Himmel der deutschen Unterhaltung. Der Stern heißt Helge Schneider, und sofort hat er seine Autobiographie geschrieben. Allerdings nur den 1. Teil. Lesen und Lachen.

Zieh dich aus, du alte Hippe

Kriminalroman

KiWi 355 · Originalausgabe

Hier schreibt Helge Schneider seinen ersten Kriminalroman, er ist teilweise absurd! Weil die Realität anders aussieht, verzichtet der Meister des gesprochenen Wortes auf jegliche Anlehnung an sie. Jedoch, im ganzen gelesen, erzählen uns die Zeilen nicht die Wahrheit über einen sehr komplizierten Fall!

Das scharlachrote Kampfhuhn

Kommissar Schneiders letzter Fall

KiWi 391 · Originalausgabe

Wieder ist Kommissar Schneider unterwegs, und der neueste Fall stellt sich für ihn noch schwieriger dar als der letzte. Das muß man sich mal vorstellen!

KiWi Paperbackreihe bei Kiepenheuer & Witsch